すずめのお師匠

身代わり与力捕物帖

氷月 葵

角川文庫
24144

目次

第一章　兄　弟

一

「お師匠さま」

子供の呼びかけに、草加冬吾《くさかとうご》は顔を上げ、黒縁の眼鏡を指でついと上げた。

「ふむ、松二《まつじ》、できたか」

斜め向かいに座った男児の手元を覗き込む。小さめの天神机《てんじんづくえ》に肘をついて、松二は、首を左右にひねる。

「うぅん、をの字が……」

いろはを書いた文字は〈を〉で止まっている。なにやら妙な形だ。

「ああ、これはな」

冬吾は筆を持つ手を伸ばして、松二の草紙《そうし》に〈を〉の字を反対側から書いた。逆から字を書く倒書《とうしょ》だ。倒書は手習いの師匠にとって必須の技だが、どうも形が上手くいかない。

冬吾がこの手習い所を開いたのは、二月のことだった。師匠になってから、まだ三月《みつき》しか経っていない。

冬吾は立ち上がると子の背後に回り、字を正しい位置から書く。

「こうだ」

はい、と松二は頷く。と、その腹がぐうっと鳴った。

冬吾は己の文机に戻ると、脇の台を見た。台に置かれた小さな箱には灰が詰められ、そこに曲がった溝に抹香《まっこう》が敷かれている。それが端まで燃えていた。時を知るための香時計《こうどけい》だ。

「四つ半（午前十一時）だ、みんな、家に帰って中食《ちゅうじき》をとっておいで」

「はあい」

子らが筆を置く。手習い子である七人の子供らは、男児が四人、女児が三人だ。皆、今年から手習いを始めた七、八歳の子供だ。

冬吾は立ち上がると、子供らよりも先に戸口に立った。

出てくる子供一人一人に、

「荷車に気をつけるのだぞ」

と、声をかけるためだ。

真っ先に出て来た松二は、冬吾の横に立つと、すぐ前を流れる川を見た。八丁堀《はっちょうぼり》と呼ばれている堀川だ。長さが八町（約八七三メートル）あることから、八丁堀と呼ばれるようになっていた。

松二は手を上げると、対岸を指さした。

「お師匠さまのおうちはあっちにあるんでしょ」

八丁堀沿いには、町奉行所役人の組屋敷がある。

うむ、と頷く冬吾に、「あれですか」と松二は指を回す。簡素な冠木門《かぶきもん》の屋敷が見える。御家人《ごけにん》である同心《どうしん》の屋敷だ。

「ばあか」

後ろから手が伸びて、こつんと松二の頭を叩いた。兄の吾一《ごいち》だ。

「お師匠さまのおうちは旗本で与力《よりき》なんだぞ、もっと奥のでかいお屋敷さ」

ふっと苦笑して、冬吾は兄弟の背中を押した。

「さっ、早く昼をすませておいで。続きはそれからだ」

はい、と二人は駆けて行く。

子らは次々に出て行く。が、一人、戸口で立ち止まった。

「おや、英吉《ひできち》は戻らないのか」

振り向いた冬吾に、英吉は寄って来る。

「今日は姉ちゃんがお弁当を持って来るって言ってました」

「ほう、そうか」

冬吾は英吉の肩に手を置く。

英吉の姉のおはるは、歳が離れた十七でしっかりしているため、ときどき英吉に弁当を届けに来る。冬吾の分も一緒だ。

冬吾の顔の横で、木札が揺れた。

〈手跡指南《しゅせきしなん》　雀堂《すずめどう》〉と自ら墨で書いた木札だ。

手跡指南は文字の読み書きを教える手習いのことだ。手習い所は大坂《おおさか》では寺子屋と呼ばれ、江戸《えど》でも口ではそう言う人もいる。が、江戸では師匠自らはそれを名乗らない。武家の多い江戸では、師匠も武士が多い。武家は昔から、金銭を扱う商売を下に見る風潮があるため、屋号をつけるのを嫌う。ゆえに江戸では手習い所では堂号をつけるのが普通だ。

雀堂の木札を見つめ、冬吾は胸中で独りごちる。そのうち、もう少し大きな木札、いや看板に変えたほうがよいか……。

その札の先に、冬吾は目を向けた。先を歩く二人は着流しに黒羽織で、その後ろには中間《ちゅうげん》や小者が従っていた。

役人の一行が歩いて来る。

「おう、冬吾」

先を歩く役人が手を上げた。

「兄上」

冬吾はそちらに踏み出す。

兄の草加紀一郎《きいちろう》は、この一月に父の跡を継いで与力になったばかりだ。分担や掛《かかり》も決まっていない一番下の当番方与力だ。与力も町の見廻りの際には、同心と同じような着流し姿になる。

紀一郎のすぐ後ろには、同心が付いていた。冬吾は、目顔で会釈をした。以前に挨拶をしたことのある倉多七三郎《くらたしちさぶろう》だ。倉多も目だけで会釈を返す。白目がちの眼だ。

紀一郎は弟と向かい合うと、子らのいなくなった手習い所の内を見た。

「皆、中食か」

「はい、兄上は見廻りですか」

うむ、と紀一郎は小声になった。

「まだ、案内してもらわねばならない場所もあってな」

冬吾はちらりと倉多を見る。兄は、二十二歳という若さだ。引き換え、倉多は三十半ばに見える。その憮然《ぶぜん》とした面持ちには、年若の上司に対する不満が透けて見えるようだった。

兄は声を戻すと、東へ顔を向けた。

「今日はこれから深川《ふかがわ》だ」

へえ、と冬吾もそちらを向く。

「行ってらっしゃい」

小さな笑みで言うと、「うむ」と兄も笑みを返して、歩き出した。

八丁堀を渡って行く後ろ姿を、冬吾は見送った。

＊

深川の町は大川《おおかわ》（隅田《すみだ》川《がわ》）を渡った東側だ。江戸の町に人が増えるにつれて、東にも町が増え続けていた。

時は嘉永《かえい》。江戸も二百年以上続き、十二代将軍家慶《いえよし》が治める世では、深川はたいそうなにぎわいを見せていた。

その深川の佐賀町《さがちょう》。

乾物屋の店先で、手代《てだい》が白い布袋を客に差し出した。

「はいよ、清三《せいぞう》さん、小豆《あずき》、一升《いっしょう》」

「はい、どうも」

受け取る清三に、手代はにこりと笑顔を作った。

「毎度、ありがとござんす。けど、急に小豆とは珍しいですね」

「ええ、なんでもお客さんが菓子をお望みらしくて、あたしも急に手代頭に使いに出されたんですよ」

「へえ、菓子なら、料理人がわざわざ作らなくても、菓子屋に頼めば手間ぁ省けるでしょうに」

首をかしげる手代に、清三は小さく笑った。

「まあ、あたしもよくわからないんです、台所のことは」

肩をすくめると、清三は「では」と背を向けた。

乾物屋を出ると、永代橋《えいたいばし》に向かって歩き出す。

周りからは威勢のいい声が上がっていた。

大川沿いの佐賀町は、米問屋が軒を並べている。運河が縦横に掘られているため、船の運搬が盛んだからだ。米だけでなく豆や雑穀を扱う店もあり、味噌屋もある。

袋を抱えた清三は、ふと足を止めた。

町の一画に佐賀稲荷《さがいなり》が祀《まつ》られている。

お参りしていこうか、とそちらを見たそのとき、背後から、

「清三」

と、声が掛かった。

振り向くと二人の男が間近に立っており、両側から腕を摑まれた。

「来い」

稲荷の境内に連れ込まれる。

「な……なんだ、おまえ達は……」

清三は二人の顔を交互に見る。

「離せっ」

清三は持っていた小豆の袋を振り回し、男の顔を打った。

弾みで小豆が飛び出し、辺りに散らばる。

厳《いか》つい顔の男は、袋が当たった顔を撫で、その手を伸ばした。清三の懐に手を突っ込むと、中から巾着《きんちゃく》をつかみ出す。それを自分の懐に入れ、ふん、と鼻を鳴らす。

「おい」と、右頬に傷のあるもう一人が声を荒らげる。

「独り占めすんなよ」

そう言い放つと、清三を突き飛ばした。

尻餅をついた清三は、

「だ、誰だ、おまえら……」二人を見上げる。

「か、金はそれだけだ、もうないぞ」

厳つい顔の男は懐から匕首《あいくち》を取り出す。

頬傷の男も、腰に差していた脇差しを抜いた。

「金じゃねえんだよ」

そう言うと、刃《やいば》を振り上げた。

「よせっ」

清三が身を転がす。

刃がそれを追う。

社《やしろ》にぶつかって清三が止まったところに、その刃が振り下ろされた。

大きな悲鳴が上がる。

「黙れっ」

厳つい顔の男も、匕首を振り上げる。

「観念しな」

その切っ先が清三の脇腹を突いた。

太い呻《うめ》きが洩れた。

「なんだ」

稲荷の外から声と足音が上がる。

ちっと、舌を鳴らして、頬傷の男が顎《あご》をしゃくった。

「行くぜ」

「おう」

厳つい顔の男は、さらにひと突き、清三を刺すと身を翻《ひるがえ》した。

稲荷の後ろ側から、走って逃げて行く。

「どうしたい」

表から人が走り込んで来る。地面に転がった清三を見て、

「おいっ」

と、駆け寄った。

「こりゃ、ひでえ」

血に染まった清三から顔を上げて、「おうい」と声を張り上げる。

「誰か、来てくれ、てえへんだ」

その声に、足音が立つ。

「なんでえ」

「どうしたい」

男達が駆け込んで来た。

＊

冬吾が文机を片付けると、

「はい、お弁当です」

おはるが弁当箱を置いた。もう一つを、英吉の天神机にも置く。

「すまぬな」冬吾は蓋を開けながらおはるを見た。

「なれど、わたしの分はもうよいぞ。礼などもらわぬでも、教えるゆえ」

手習いを始めるに当たって、親は入門料として師匠に〈束脩《そくしゅう》〉を収める。なにを収めるか決まっているわけではないが、礼金を持参する人が多い。が、家の事情はそれぞれであるため、菓子や扇子ですませることもある。また、五節句ごとの謝儀《しゃぎ》や毎月の月並銭《つきなみせん》も、人によって額はさまざまだ。

〈いや、束脩など無用です〉

冬吾は二月、英吉の父親にそう言ったのを思い出す。古びた扇子一本を、申し訳なさそうに差し出されたためだ。

〈ほかも一切、いりません〉

そう言うと、父親の助佐《すけざ》は首を縮めた。すると、その横に付いていたおはるが顔を上げたのだ。

〈そうだ、なら、あたしがときどきお弁当を届けます〉

冬吾は、その笑顔に思わず頷いていた。

同じ笑顔が、今、冬吾を見ている。

「このくらいさせてください、いつも粗末なお菜で申し訳ないですけど。あ、今日のひじきはおいしく煮えたんですよ」

おう、と冬吾は笑みを返す。

「おはるちゃんの菜はなんでも旨い。ひじきは好物だ」

その言葉でより笑顔を深めて、おはるは持って来た土瓶を持ち上げた。

「白湯《さゆ》ですけど」

湯飲みに白湯を注ぐ。

それを手に取った冬吾の眼鏡が湯気で曇る。おっと、と冬吾は眼鏡を外した。

おはるが上目で、そっとその顔を覗き込んだ。英吉も見上げると、

「あ、そうだ」声を上げた。

「さっき、お師匠さまの兄上が来たんだよ」

まあ、とおはるは弟を見た。

「来た、じゃなくていらした、と言うのよ……けど、そう……お兄様、お師匠さまによく似てらっしゃいますよね」

おはるの言葉に冬吾は、小さく笑う。

「うむ、子供の頃からよくそっくりだ、と言われてきた。年も一つしか違わないせいだろうが」

おはるは小さく首をかしげて冬吾を見つめた。

「お母様はさぞかしお美しいのでしょうね」

「なんで」英吉が姉を見上げる。

「お母様の顔がわかるの」

ふふ、とおはるは微笑む。

「男の子は母親に似るのよ。英吉もおっかさんによく似てるわ」

ほう、と冬吾は英吉を見た。黒目がちで鼻筋が通っている。

「ということは、二人のおっかさんも美人なのだな」

「ああ」おはるは口を曲げた。

「そう、おっかさんは……けどあたしはおとっさんに似てしまったから、こんな豆《まめ》狸《だぬき》で……」

肩をすくめるおはるに、冬吾は「いや」と口を動かす。

「おはるちゃんは、豆狸というより……」

え、と首を伸ばすおはるに、冬吾は、

「そうだな、雀のようだ」

と、頷いた。

「雀……ですか」

おはるは伸ばした首を戻す。

うむ、と冬吾は頷きながら弁当を平らげた。と、弁当箱に付いた飯粒を集めはじめ、英吉の箱にも手を伸ばした。

「飯粒が残っているぞ」

集めた飯粒を端の欠けた皿に移す。

「ああ」とおはるは小さな包みを差し出した。

「はい、煮干しの出し殻、持って来ました」

「おう、ありがたい」

冬吾は受け取ると、戸口に顔を向けた。

開けたままの戸口の外に、数羽の雀と赤犬一匹の姿があった。

「おう、来てたか、アカ」

冬吾は隅に置いていた茶碗を引き寄せる。中に入ったご飯に、煮干しをほぐして箸で混ぜる。

「あら」おはるが覗き込んだ。

「ご飯もあるんですね」

「うむ、朝炊いたのだ、ちと焦げたが」

冬吾が立ち上がろうとすると、おはるが、

「あ、眼鏡をお忘れですよ」

と、手を上げた。

ふむ、と冬吾は眼鏡をかけて、外に出て行く。

英吉とおはるもそれに続いた。

飯の入った皿を置くと、たちまちに雀がチュンチュンと集まってついばんだ。

そら、と煮干しを地面に置くと、犬が「わん」とひと声吠え、尻尾を振りながら食いついた。

「そうか、旨いか」

そこに茶色の縞柄《しまがら》の猫も尻尾を立てて走って来た。

「おう、トラ、来たか」

しゃがんだ冬吾は、茶碗から煮干しご飯を手に取ると、猫に差し出した。猫はうにゃうにゃと唸りながら食べる。

目を細める冬吾の横、英吉もしゃがみ込む。

おはるはそんな冬吾らに、横から笑顔を向けた。

「みんな、かわいいねえ」

英吉が笑顔を向けると、おう、と冬吾も笑みを返した。

＊

深川の道を、紀一郎は走った。

「こっちでさ」

先を走る町人が振り向く。

紀一郎と倉多が追って行くと、町人は稲荷の境内に走り込んだ。

そこには男達が集まっていた。

戸板に血まみれの男が乗せられ、それを荷車に乗せようとしている。

「なんと」

紀一郎は走り寄って、血で赤く汚れた男の顔を覗き込んだ。その面持ちは歪み、荒い息をしている。

「なにがあった」

荷車に乗せられた清三を、紀一郎と倉多が覗き込み、その顔を周囲に向ける。

「いや」一人の男が口を開いた。

「大声が聞こえたもんで来てみたら、このお人が血まみれで倒れてたんでさ。あっしが駆け込んだら、男が二人、逃げて行きやした」

「二人、とな」

「へい、あの、いま医者を呼びに行ってるんで、番屋に運ぼうかと」

「む、そうか」

顔を巡らせる紀一郎に、倉多が顔を寄せる。

「近くに自身番屋があります、話を訊くのはそこで」

「うむ、そうだな」紀一郎は腕を振り上げた。

「よし、運べ」

荷車は動き出し、表に出ると、すぐに自身番屋に着いた。

倉多が男らに指図する。

「よし、戸板ごと板間へ移せ、揺らすでないぞ」

へい、と町人らは戸板をそっと移した。

紀一郎は上がり込むと、改めて清三を覗き込んだ。

「そなた、名はなんという」

「せ、い、ぞ……う」

「せいぞう、か、相手は誰だ、知った者か」

「や……」清三は小さく顔を振る。

「知ら、な……けど……あっち、は……名を、呼ん……で」

「む、清三と呼ばれたのか、なにか盗られた物はあるか」

ぜ、と清三は声を漏らす。

「ぜ、に……きんちゃ……」

「巾着を奪われたのだな」

清三は目で頷く。

ふん、と倉多は鼻を鳴らしてつぶやいた。

「物盗りか」

そこに外から男が駆け込んで来た。

「医者を連れて来たぞ」

続いて薬箱を手にした医者が走り込んで来た。

紀一郎と倉多が場所を空けると、医者はそのままの勢いで上がり込み、清三の横に座った。

赤く染まった着物をはだけ、傷口を見ていく。

ううむ、と唸り声を漏らして、医者は紀一郎を見た。

「どうだ」

身を乗り出す紀一郎に、医者は顔を歪めて見せた。

そこにまた足音が鳴った。

飛び込んで来たのは若い町人だった。

横たわる清三の姿を見て、「えっ」と足を止める。が、ゆっくりと近寄って来ると、首を伸ばした。

「や、清三さん」

その首をすぐに引っ込める。

「知っているのか」

紀一郎の問いに、男は「はい」と頷く。

「さっきうちの店で小豆を買って行ったばかりで……いえ、小豆が散らばってたって聞いて、まさか、と駆けつけて来たんですが」

「そうか、この清三、どこの者か」

「はあ、浜町《はまちょう》の料理茶屋で音川《おとかわ》ってえ店の手代です」

ふうむ、と眉を寄せる紀一郎の後ろで、「おい」と声が上がった。

「しっかりしろ」

医者が清三の頰を叩いている。

向きを変えた紀一郎が、その顔を覗き込んだ。

青ざめた顔で、口が動いている。

「お……お……」

掠《かす》れた声に、紀一郎は耳を近づけた。

「なんだ」

しかし、声は続かなかった。その口は半ば開いたままで止まった。

医者が手を伸ばして、首に触れる。

しばし置いた手を離すと、医者は顔を上げて紀一郎を見た。

医者の顔は小さく横に振られた。

二

薄闇の広がり始めた八丁堀を渡り、冬吾は組屋敷の並ぶ道を歩いていた。草加家の屋敷は、少し奥にある。

その門をくぐり、

「ただいま戻りました」

屋敷に入って行くと、すぐに母の吉乃《よしの》が廊下に出て来た。

「まあ、お帰りなさい」

廊下を進む息子の横について歩く。

「五日ぶりではありませんか、もう……御膳はちゃんと食べているのですか、お湯は……」

「ちゃんと食べてます。ご飯は炊けるようになりましたし、煮売り屋が来るので不自由はありません。湯屋にも行ってます。いやぁ、湯屋というのは、広くて気持ちのよいものです」

「まあ、なれど、煮売りでは大した物はないでしょう、魚や青物もきちんと食べないと……毎晩、戻って来ればよいのですよ。そうすると思ったから、手習い所を許したというのに……」

二人で進む廊下の先で、障子が開いた。

紀一郎が顔を出す。

「お、冬吾、戻ったのか。ちょうどよい、これから父上と話をするところだ、そなたも来い」

「はい」

冬吾は足を速めて母から離れると、兄と並んで奥へと進んだ。

「父上」

兄の呼びかけに中から「入れ」と声が戻り、二人は部屋へと入った。

「おう」父の紀左衛門《きざえもん》が顔を上げた。

「冬吾も帰ったのか」

手にしていた木の板と小刀を文机に置いた。

「面《おもて》を彫っていたのですか」

向かいに座った冬吾に、「うむ」と父は頷く。

「今度は翁《おきな》を彫ろうと思うてな」

言いながら、父はゆっくりと身体を回した。右足は組んでいるが、左は伸ばしたままだ。膝が悪いため、胡座《あぐら》は組まない。

「して」父は並んだ兄弟を見た。

「どうした、揃って」

はい、と紀一郎が口を開く。

「実は今日、深川で町人の殺しがあったのです。で、父上と、ちょうど冬吾も戻ってきたので、お二人に考えを聞いてみたいと思いまして」

「殺し」

と、驚く冬吾を目で制して、父は、

「ふむ、話してみよ」

と促した。

はい、と紀一郎は深川での出来事を語る。

「わたしが駆けつけたときには、すでに襲った者の姿はなく、ただ襲われた男はかろうじて口がきけたので、相手から清三、と名を呼び止められたと……」

そこに廊下から母の声がかかった。

「夕餉《ゆうげ》のお膳が整いましたよ」

「いや」父が声を返す。

「先にすませてくれ、話の途中だ」

はい、と母の足音が遠ざかって行く。

紀一郎は背筋を伸ばした。

「で、その清三が奉公している音川という料理茶屋の主を呼び出して、聞いたのですね。したら、二十歳の手代で、手代頭から使いに出されたというのはわかったんです。銭を入れた巾着を懐に入れていて、それが盗られたらしいのですが、いくら入っていたかはわからないそうです」

「ふむ、乾物屋に支払いはしたのか」

「いいえ、出入りの店で掛け売りをしているそうなので、金のやりとりはしていないそうです。清三が普段、どれほどの銭金を持ち歩いていたのか、明日にでも、手代頭に聞いてみるつもりですが」

「ふうむ、手代頭か、知っているかどうか……上の者はさほど下のことを気にかけておらんからな。むしろ、同輩やその下に聞いたほうがよかろう」

「なるほど」

　腕を組む紀一郎の横顔を、冬吾は見た。

「その清三という手代、相手から名を呼ばれたのですよね」

「うむ、息の絶える前にそう言っていた」

　ううん、と冬吾も腕を組んだ。顔を右に傾け、左に傾ける。

「なれば、後を尾《つ》けた、もしくは待ち伏せをした、ということでしょうね。素行はどうなのですか。賭場《とば》に出入りしていたとか、岡場所に通っていたとか、どこかで悪い仲間と繋がっていたのではないですか」

「いや、そこまではまだわかっておらぬ」

「ふむ」父が顎を撫でる。

「その辺りも上の者はわかるまい。悪い振る舞いをする者は、上には知られないようにするものだ。下を探れ。男は下の者には自慢話をしたがるものだ、年若の奉公人に聞き出すのがよい」

「はい、わかりました」

紀一郎は頷いた顔を弟に向けた。

「そなたは町暮らしをしているゆえ、なにか噂を聞くようなことがあったら、教えてくれ」

はい、と冬吾は腕をほどいて、天井を見上げた。

「あのう」その顔を兄に向ける。

「わたしも動いてみましょうか」

「動く、とは」

「その音川という料理茶屋に行って……わたしは子供らと対するのに馴れましたから、年若の者からなら話を聞けるかと思います」

「ほう」父が眉を動かす。

「そうだな、役人相手には言わないようなことも、心易い相手と見ればしゃべるかもしれんな」

「なるほど」

紀一郎は腕を解いて膝を叩いた。が、片眉を寄せて弟を見た。

「よいのか、そのようなことを頼んで」

「はい、雀堂は八つ刻（午後二時）で終いになりますから、そのあとは暇ですし、わたしで役に立つなら……」

「うむ」父が頷く。

「手習いの師匠など実入りは知れている。ましてや冬吾は、稼ぎなど頭にあるまい。手習い所の店賃《たなちん》はうちから出ているのだから、兄の手伝いをするのはよいことだ」

「はい」

冬吾は父に頷いた。武家では長男以外は部屋住みと呼ばれ、ほとんどの者は仕事に就けない。部屋住みには厄介《やっかい》という別名があるほどで、肩身の狭い思いをするのが常だ。

「なにか分かったら、来ます」

冬吾の言葉に、紀一郎は顔を向けた。

「わたしも折を見て雀堂に寄ろう。近いのだから、手間はない」

頷き合う兄弟に、父も目顔で頷いた。


朝餉《あさげ》の膳が並び、一家がその前に着いた。

上座には、父と紀一郎が並んで座る。以前は父だけだったが、紀一郎が家督を継いでからは、当主として並ぶようになった。

それに横顔を向けて、祖母の徳《とく》が膳に着いている。祖父はすでに他界しているため、一人だが、以前は跡継ぎとして紀一郎が着座していた。

向かいに並ぶのが母の吉乃と冬吾だ。

徳は皆の顔を見回して言った。

「では、いただきましょう」

「いただきます」

声を揃えて、皆は箸を取った。

味噌汁の椀を手に取った冬吾は、すぐにそれを戻し、眼鏡を外した。湯気で白く曇ってしまったためだ。眼鏡を外した冬吾を、皆がちらりと見た。

母は皿の上の鯵《あじ》の干物に箸を入れると、半分に割った。その片方を、冬吾の鯵の横に置く。

「あ、いえ」

冬吾が顔を向けると、母は、

「よいから、お食べなさい」

とささやいた。

それを目で追っていた徳は、自分の鯵も半分に分けた。半身を紀一郎の皿に移す。

紀一郎は黙って会釈をする。

父は顔を上げることなく、箸を動かしていた。

冬吾は小鉢の糠漬《ぬかづ》けも口に運ぶ。瓜《うり》と茄子《なす》だ。それが空になると、母の手が伸び、手をつけていない自分の糠漬けの小鉢と置き換えられた。

冬吾は目顔で礼を伝え、それに箸を付ける。

まぁ、とつぶやきが聞こえた。横目を向けると、祖母が自分の小鉢を紀一郎の膳に置くのが見えた。

紀一郎はまた小さく会釈をして、箸を進める。

父はやはり顔を上げずに、黙々と箸を動かしている。

やがてそれぞれが箸を置いた。

「ごちそうさまでした、お先に失礼します」

そう言って礼をすると、冬吾は立ち上がった。

その足で台所へと向かう。

土間では中間の勘助《かんすけ》が、背を向けて手を動かしていた。

「勘助」

冬吾の呼びかけに振り向くと、身を横に寄せて台の上の弁当箱を見せた。

「ああ、今、弁当を詰めてたところです、すぐにできますから、ちょっとお待ちください」

「弁当とは、わたしのか」

「さいで。夕べ、冬吾さまがお戻りだからと、奥様に言いつけられましたんで」

台の上にはすでに詰められた弁当箱がある。紀一郎が北町奉行所の出仕に持っていく分だ。

「そうか」

と、板の間に腰を下ろした冬吾を、勘助が振り返る。

「寺子屋はいかがです」

「うむ、まだ子は七人しかおらぬのだが、面白い。子供というのは思ったよりも賢《さと》いものだと驚く。教えることをすぐに覚えるのだ」

「へえ、そいつは冬吾さまの教え方もいいんでしょう」

笑顔を向ける勘助に、冬吾は「そうだ」と腰を浮かせた。

「煮干しや鰹節《かつおぶし》の出し殻はないか」

へ、と顔を巡らせて、勘助は台に置かれた笊《ざる》を指さした。

「ああ、ありますよ、両方とも」

「お、そうか、ではそれも弁当箱に詰めてくれ」

はあ、と勘助は笊へと手を伸ばす。

「まあ」

背後から高い声が上がった。

いつのまにか、母が立っていた。

「出し殻なんて……」母が冬吾の横に来る。

「そのような物を食べずとも、お弁当の菜は紀一郎と同じにするように申してあります」

隣に膝を突いた母に、冬吾は顔を向けた。

「や、違います。わたしではなく、犬と猫にあげるのです」

「犬猫……」母の顔が歪む。

「そのような汚らしいものに触ってはなりませんよ。犬猫なんて、噛まれたらどうするのです」

「大丈夫、心配はご無用です」

冬吾は微笑んで、顔を戻した。

勘助が弁当箱を持って来た。

「出し殻は経木《きょうぎ》で分けておきましたから」

「うむ」

冬吾は受け取ると、立ち上がった。

それに続いた母は顔を覗き込む。

「もう行くのですか」

「はい、五つ刻(朝八時)には子らが来ますから。あ、近々また戻ります、兄上に

用事を仰せつかりましたから」

「まあ、そう、なれば行ってらっしゃい」

母が笑顔になる。

「はい、行って参ります」

冬吾も笑顔を返して、廊下を歩き出した。

進む先に、紀一郎が出て来た。

「お、もう出るのか、待て、わたしも行く」

そう言うと部屋に戻り、身支度を調えて戻って来た。袴《はかま》に裃《かみしも》をつけた姿だ。

「早いですね」

廊下を共に歩きながら冬吾が問う。

うむ、と紀一郎は頷く。

「一度、自身番屋に行ってから役所に出る。昨日は清三の身内に繫ぎが取れなかったため、遺骸はそのまま預かりになっているのだ。言付けを残してきたというから、それを聞けば、朝一番に駆けつけて来るだろう」

「なるほど、清三の引き取りですね。身内であれば、人となりも訊けますね」

「さよう、清三の日頃の振るまいなども知っているかもしれん」

二人が玄関に着くと、徳と吉乃も出て来た。

正座をした徳が、紀一郎に向かって顔を上げる。

「しっかりお務めしていらっしゃい」

「はい、行って参ります」

紀一郎は礼をする。

母の吉乃は冬吾に微笑みを向ける。

冬吾はそれに目顔で頷いた。

息子二人は屋敷の門を出た。いつもなら紀一郎には供の者らが付くが、今日は自身番屋に行くために付いていない。

「では」

冬吾は背を向け、八丁堀に架かる橋へと歩き出す。

紀一郎も背を向けると、大川に向かって歩き出した。

＊

大川を渡って、紀一郎は深川の自身番屋に着いた。

同心の倉多がすでに来ており、「おはようございます」と出迎えた。

「早いな」

と挨拶を返しながら、紀一郎は土間の隅に置かれた棺桶を見た。昨日、すでに清三はそこに収められていた。

「清三の身内というのは誰がいるのだ」

「音川の手代頭に聞いたところ、兄が二人いるそうです。親はすでに亡くなっているそうで」

「ふむ、では兄に使いを出したのだな」

「ええ、長男は深川の長屋で暮らしています。出商いをしているそうで、昨日はま
だ戻っていませんでした。長屋の差配人に伝えたので、今日は来るでしょう」

そうか、と紀一郎は棺桶に向くと、小さく瞑目《めいもく》した。

自身番屋の町役人が、線香に火をつける。香りが広がり、一筋の煙が立ち上った。

紀一郎はその顔を戸口に向けた。

外から足音が駆けて来る。

それは番屋の中に飛び込んで来た。

土間に駆け込んだ男が、息を切らせながら役人らを見る。と、その目が棺桶を捉
えた。

え、と顔を引きつらせ、そちらに近づいて行く。

倉多がそれに歩み寄った。

「清三の兄、勝太《かった》か」

「あ、へい」勝太は棺桶の前で立ち止まる。

「あの、清三が……ってのは、ほんとなんですかい」

うむ、と倉多が蓋を開ける。

中を覗き込んだ勝太は、ああ、と呻き声を漏らして棺桶の縁をつかんだ。

紀一郎も寄って行くと、勝太の背中に、

「間違いないか」

と、声をかける。勝太は黙ったまま、大きく頷いた。

紀一郎はその横に立つと、

「昨日の事だ……」

と、佐賀稲荷での出来事を話した。

「襲った者は、最初に清三の名を呼んだそうだ。そのほう、なにか心当たりはあるか」

勝太は棺桶をつかんだまま、うつむけた顔を横に振った。

「いいえ……清三が音川に奉公に上がってからは、会うこともあまりなかったもんで……親の家はもうないから、藪入り《やぶいり》のときにもどっかに遊びに行ってたようだし」

奉公人は年に二回、藪入りとよばれる休みが与えられ、家がある者は家に帰る。

ほう、と倉多は口を歪めた。

「遊びに、か」

「あ、けど」勝太はその顔を上げた。

「清三は実直もんですから、悪いやつらと付き合うとは思えません」

む、と倉多がその顔を見つめた。目を眇《すが》めて一歩を踏み出し、まじまじと勝太の顔を覗き込んだ。と、その顔を仰け反らせた。

「やっ、そのほう、辰次《たつじ》の兄ではないか」

え、と倉多を見返すと、勝太は丸めていた背を伸ばした。

「あ、あのときの……」

紀一郎は二人の顔を交互に見て、倉多に問う。

「知っておるのか」

ええ、と倉多が頷いた。

「三年ほど前に、辰次という男が騒ぎを起こしたんです。仲間に金を借りたまま返さず、刃傷沙汰《にんじょうざた》を起こしまして。わたしが辰次を捕らえたんです。相手に負わせたのは大した傷じゃなかったんで所払いですませたのですが、その辰次を引き受けに来たのが、この勝太で」

へい、と勝太が頭を下げる。

「その節はお世話になりやした」

「辰次はどうした」倉多がさらに近寄る。

「なぜ来ない、知らせていないのか」

「いえ、来る途中で家に寄って来たんですが、留守だったもんで」

「留守、朝だというのにか」

はあ、と勝太は顔を伏せる。

「隣の人に聞いたら、ゆんべは戻って来なかったと……岡場所にでも上がったのかもしれやせん」

む、と倉多の眉が寄る。その口が「怪しいな」とつぶやいた。

紀一郎は勝太を見た。

「その辰次はなにをしている、遊び人か」

「いえ」勝太は顔を振る。

「以前は、確かに……けど、今は州崎《すざき》で船漕ぎをしていやす」

深川の先の州崎は海に突き出た風光明媚な岬で、物見客が多い。

　ふうむ、と紀一郎は腕を組んだ。

「身内はそれだけなのだな」

「はい、母親は早くに、父親も数年前に病で……」

　そこに外から人々のざわめきが近づいて来た。

　一人が顔を覗かせると、勝太がそちらに駆け寄った。

「来てくれたのかい……あ、長屋のみんなで」

　役人を振り返る。

　ふむ、と紀一郎は皆を招き入れる。

「なれば、運ぶがよい」

　棺桶を目で示す。

「いいんですかい」

　横からささやく倉多に、紀一郎は頷いた。

「よかろう、あとは店の者から聞いたほうがよい」

　長屋の人々は、番屋の外に荷車をつけた。そこに棺桶を乗せると、ゆっくりと引き始める。

　勝太は深々と頭を下げると、そのあとを追って行った。

＊

雀堂に、八つ刻（午後二時）を知らせる鐘の音が響いてきた。

冬吾は「さあて」と皆を見渡した。

「今日はこれで終いだ」

「はぁい」

子らは片付けを始める。天神机も隅に寄せるのが常だ。

「お師匠さま、ありがとうございました」

礼儀正しく礼をすると、ばらばらと外に出て行く。

静かになった雀堂に戸締まりをして、冬吾は八丁堀を渡った。

町から町を、東へと進むとやがて大川が見えた。その手前で左に折れる。

川沿いの浜町の道を進むと、すぐに〈音川〉と書かれた看板が見つかった。

ここか、と冬吾はゆっくりと大きな二階屋を見上げた。窓からは大川が見え、対岸に広がる深川の町も見渡せそうだ。川に面した窓からは、人々のざわめきや笑い声、窓によっては歌や三味線も聞こえてくる。

その裏手に回ると細い路地に足を踏み入れた。店の勝手口があり、開けた戸から台所が見える。その前で、洗い物をしている子に、冬吾は近づいて行った。大きな桶で青菜を洗う男児が顔を上げる。

「小松菜か」

冬吾は腰を折って微笑みかけた。と、その笑みを納めた。子の目が赤い。

「音川の小僧さんか」

冬吾はしゃがむと、小僧と向き合った。

小僧は黙って頷く。が、その顔を怪訝そうに傾けた。

「ああ」と冬吾は真顔になった。

「わたしは清三さんのことを聞いて、やって来たのだ」

小僧の顔が歪む。小松菜を手から落とすと、腰を浮かせた。

「清さん、死んだって……ほんとなんですか」

冬吾はそっと唾を飲み込んだ。

「うむ、本当だ。小僧さん、名はなんという、年はいくつだ」

「竹松《たけまつ》、十二です」

「そうか、竹松は清三さんを慕っていたのか」

竹松はこくりと頷く。

「清さんは、あたしらによく飴玉をくれたんです」

「ふむ、飴玉か……清三さんは銭をたくさん持っていたのだな」

普段から多くの銭を持ち歩いていたために、襲われたのかもしれない……。冬吾は考えを巡らせていた。

が、竹松は首を横に振った。

「そんなこと……ここの給金なんて大したことないんだから……」

言いかけて、竹松は口を押さえて当たりを見た。肩をすくめると、竹松は小声になった。

「清さんは、あたしらがおやつも満足にもらえないのを知ってるから、飴を買ってくれたんだ」

「ほう……そうなのか」

「そうだよ、清さんだって前は小僧だったから、よくわかってるんだ。銭なんかない、清さんの巾着はいっつも薄っぺらだったんだから」

竹松は手で巾着の形を作って振る。

ふうむ、と冬吾は口を曲げた。

「清三さんは夜、遊びに出るようなことはなかったかい」

「そんなこと、できるもんか。見つかったら手代頭にぶっ飛ばされちまう」

「ふうむ、ならば、こっそり会いに来るような人はいなかったかい」

「そんなの……」首を振りかけて、竹松はそれを止めた。

「兄さんが時折、来ていたけど……」

「兄さん、それは勝太さんかい、それとも辰次さんか」

竹松は顔をしかめた。

「清さんに似た、ひょろりとした……」

言いかけて途中で口を噤《つぐ》んだ。その目が訝《いぶか》しげに冬吾を見る。

無理もないか、と冬吾は胸の内で思った。いきなり、根掘り葉掘り聞かれれば、怪しむのが道理だ……。

「お侍さん」竹松が上目で見上げた。

「清さんはどうなったんですか」

「ああ……今日、身内が引き取って行ったはずだ」

言いながら、冬吾は顔を上げた。

路地を挟んだ向かいの家から声が上がったためだ。塀に囲まれた二階屋だ。

「誰か、来ておくれ」

その声に「はぁい」と竹松が立ち上がる。

塀についた勝手口の戸へと、竹松が駆け込んでいく。

「なんでしょう、旦那様」

「おう、おまえか、ちょうどいい。清三の弔いにこの香典を届けるように、手代頭に渡しておくれ。おまえは供物の菓子を持って付いてお行き」

やりとりを聞きながら、冬吾は立ち上がった。

なるほど、こちらが主の家なのだな……。そう口中でつぶやきながら、そっと路地を離れた。

三

翌日。

自身番屋に入った紀一郎は、待っていた同心の倉多と向き合った。

「昨日の弔いはいかがであった」

「はい、陰から出入りする者を見張っていましたが、辰次は現れませんでした」

「そうか、弟の葬式だというのにな」

「ええ、江戸を離れたのかもしれません。辰次が仲間と清三を襲って、金を奪って逃げた、となれば話はわかりますからね」

顔をしかめる倉多に、紀一郎はううむ、と唸る。

「まあ、まだそうと決まったわけではあるまい。まさか、実の弟を……」

いや、と倉多は首を振った。

「兄弟殺しなんぞ、よくあることです。わたしもこれまで二度、お縄にしたことがありますからね」

ほう、と紀一郎は口を閉ざす。紀一郎はまだ人に縄をかけたことがない。

倉多はくいと顎を上げると、外に目を向けた。

「それと、弔いに音川の手代頭が来てたんで、声をかけておきました。番頭とここに来るように、と。昼前、と言っておきましたんで、もうすぐ来るでしょう」

倉多はそう言うと、座敷を手で示した。

「上がって待ちましょう」

うむ、と紀一郎は座敷に上がる。

続いて上がり、斜め後ろに座った倉多を、紀一郎は小さく振り向いた。

「手際がよいな」

倉多は面持ちを変えずに、自慢げに胸を張った。

自身番の役人が表に顔を出す。と、それを振り向けた。

「来ましたよ」

二人の男が入って来た。

男らは土間に並ぶと、座敷の二人に向かって腰を折った。

「あたしは音川の番頭、庄右衛門《しょうえもん》です、で、こっちが手代頭の弥助《やすけ》で」

「ふむ」紀一郎は胸を張った。

「ご苦労。手代であった清三について尋ねたいのだ。悪い仲間との付き合いはなかったか、それを見聞きしたことはないか。番頭、いかがか」

「さて」番頭は顔を左右にひねって、口元の皺を動かした。

「あたしどもは帳場を見るのが役目、そもそも店には奉公人が二十人ほどもおりまして、一人ひとりの振る舞いまでは……それは弥助にまかせておりますので」

ふむ、と紀一郎は弥助を見た。弥助のほうは皺などない。歳は三十手前に見える。

弥助は背中を丸めたまま顔を上げた。

「清三はまあ、小僧の頃からさして目立たず、怠け者ってわけじゃありませんが、取り立てて働き者ってわけでもなく……ただ、そういう者は陰でなにかしても、こっちには伝わりにくいもんでして」

「ふうむ」紀一郎は眉を寄せた。

「悪い仲間と付き合いがあってもわからない、ということか」

「はあまあ、隠そうと思えばなんでも隠せるものですから。あ、ただ……」

弥助は丸めていた背を少し伸ばした。

「清三にはよくない兄がいましたね。次男って聞きましたけど、以前、金の貸し借りで揉めて刃傷沙汰を起こした、と聞いてます。その兄がときどき店に来て、清三は金を渡しているようだと、別の手代から聞いたことがあります」

ふん、と紀一郎の耳に後ろからつぶやきが聞こえた。

「やはりな」

倉多の声だ。

「ふうむ、さようか」紀一郎は並ぶ二人を見た。

「清三は巾着を盗まれたようだが、その際、呼び止められたと当人は言うていた。あの日、清三が使いに出ると知っていた者は誰か」

ああ、と弥助はまた背中を丸めた。

「使いを命じたのはあたしです。料理人から、急に小豆がほしいと言われたもんですから」

「ふむ、そなた以外に知っていた者は」

「それは、料理人……台所の者は皆、知っていたはずです。いかほど要りようかと、清三は台所に確かめに行きましたんで。ええ、と、ですから、料理人二人と見習い二人、下働き二人と、それに料理人頭ですね」

「ほう、それほど多くの者が知っていたのか」

「はい、それに小僧や女中も聞いていたかもしれません。使いに行ってくる、と告げたでしょうし。それを誰に言ったかまでは、あたしもわかりかねます」

ううむ、と紀一郎は眉間を狭めた。

その顔を、番頭がおずおずと窺《うかが》う。

「あのう、店はこれから混むもので……」

隣の弥助も「さいで」と深く頷く。

「かき入れ時だな」

倉多のつぶやきに、紀一郎は眉間を戻した。

「あいわかった、戻ってよい」

はい、と番頭と手代頭が頭を下げた。

出て行く二人を見送って、倉多が横に進み出た。

「やはり、辰次が怪しい……わたしが捜し出しましょう」

意向を伺うでもない物言いに、紀一郎は「うむ」と頷いていた。

＊

雀堂を閉めて、冬吾はまた浜町へと足を向けた。

昨日と同じに、音川の裏手に回り込むと、同じ場所で、竹松がまた青菜を洗っている。

近づいた冬吾は、「今日は芹《せり》か」と覗き込んだ。

怪訝な顔になる竹松に、しゃがみ込んで向き合う。

「昨日は清三の弔いに行って来たのであろう」

竹松は、

「清さんの顔を見てきた」

と頷きつつも、小さく眉を顰《ひそ》めて冬吾を見た。

その面持ちに、おっと、まだ怪しまれているな、と冬吾は懐から小さな紙包みを取り出した。

「そうだ、飴玉を持ってきたのだ」

差し出した冬吾の手に、竹松は身を引いた。上目になった眼《まなこ》は、不審の色が顕《あら》わだ。

それはそうか、と冬吾は内心で苦笑する。

「わたしは手習いの師匠をしていてな、子供らにいつも飴をあげているのだ」

「手習い」竹松の顔がぱっと明るくなる。

「お師匠さまなんですか」

「ああ、そうだ。八丁堀で雀堂という手習い所をやっている」

「なあんだ」

竹松は紙包みをさっとつかむと、懐にしまいながら、笑顔を向けた。

「あたしもここに奉公に上がる前に、手習い所に通ってたんです。七つの時から十一まで」

手習いは七、八歳から通い始めることが多い。

「おう、そうか」

「はい」竹松は背筋を伸ばした。手習い所では礼儀や作法も教えられる。

「読み書きだけじゃなくて、和算や算盤《そろばん》も習いました」

「ほう、家は商いをしているのか」

「おとっつぁんが八百屋の奉公人なんです。けど、おとっつぁんは読み書きができなくて、だから、あたしには手習いに通わせてくれたんです」

「ふむ、それはよい父御《ててご》だな」

「はい」にこりと笑う。が、すぐに真顔になって、立ち上がった。

家側の塀の勝手戸から、男が出て来たのだ。

竹松はその男に向かって腰を折る。

「行ってらっしゃいまし」

若い男はこちらを見ることもせずに、背を向けた。

冬吾も立ち上がると、男を見送った。いかにも仕立てのよさそうな夏物の羽織を翻し、軽やかな足取りで路地を出て行く。

「若旦那か」

冬吾が覗き込むと、竹松は頷いた。と、今度はその顔を店のほうに向けた。

台所の勝手口から、包丁を手にした男が顔を覗かせた。

「いけねえ」

竹松は慌てて洗い物に戻る。洗いながら、ちらりと困惑した上目を向けられ、冬吾は目顔で頷いた。

「邪魔をした」

そうささやいて、足早に路地を出た。

*

雀堂の前に立った紀一郎は、えっ、と耳を澄ませた。

中から笑い声が聞こえてくる。

まさか、と、半分開いた戸口から中を覗き込んだ。

「冬吾か」

中に入っていく。

「あ、兄上」

笑顔の冬吾が手を止めた。手には紐を持っている。その先を、猫の手が弄《もてあそ》んでいた。三毛の猫は、紀一郎に気づいて、遊ぶのをやめた。

「おう、ミケ、怖くないぞ」

冬吾は猫を抱き上げる。

「そなたの猫か」

座敷に上がりながら、紀一郎は弟の顔を見つめた。

猫に頬ずりをしている弟は、目を細めて笑顔になっている。そんな笑顔も、先ほどの笑い声も、初めて触れたものだった。

「違います」冬吾は猫を高く抱き上げる。

「近所の下駄屋の猫です。遊びに来るんですよ」

なぁ、と冬吾は顔を近づける。と、猫はそれを前足でぐっと押し返し、その身を捩って飛び降りた。そのまま外へと飛び出して行く。

「む、わたしに怯《おび》えたか、すまんな」

そう言う兄に、冬吾は笑顔のまま首を振った。

「いえ、明日になればまた来るから、大丈夫ですよ」

ふむ、と紀一郎は改めて弟を見る。

「そういえばそなた、屋敷では雀にこっそりと飯粒をやっていたな」

え、と冬吾の目が動く。知っていたのか、という動きだ。

紀一郎は目を逸らすと、咳を一つ、払った。

「まあ、それはどうでもよい。訪ねて来たのは清三の件だ。手代頭と番頭から話を聞いたのだが……」

その内容を話し出す。

「同心の倉多は、二番目の兄辰次が怪しいと、すでに科人《とがにん》扱いをしているのだ」

「あ、兄のことなら、わたしも店の小僧さんから……」

冬吾は竹松のことを話す。

「その男、清さんと似てひょろりとしていた、というのです、長男というのはどういう男でしたか」

「ふむ、勝太はがっしりとした身体つきで、ひょろりとはほど遠いな。すると、清三に会いに来ていたのは辰次ということか」

「そういうことになりますね」冬吾は腕を組んだ。

「なんのために……いや、兄弟であれば、用はなくとも不思議はないか」

紀一郎は眉を寄せて小声になった。

「倉多は金の無心をしていたのではないか、と言うのだ」

「金の無心、ですか。竹松の話では、普段から清三の巾着には大した銭は入っていなかったと……いや、兄に金を渡していたせいでなかった、とも考えられるか」

「うむ、倉多はそういう見方をしている」

「しかし、金づるであれば殺すことはないでしょう。そもそも、奪った巾着にもさほどの銭は入っていなかったようだし。それに、清三は知らない男に襲われた、と言ったのですよね」

「うむ、それをわたしも倉多に言うたのだ。すると、殺しは怨みによるもので、そのために二人を雇ったのだろう、と」

うぅむ、と冬吾は首をかしげた。

「まあ、そのように考えれば筋は合うのでしょうが」

「ああ、倉多は、これまでにも兄弟で争った挙げ句に殺してしまった、という男を捕らえたことがあるそうだ。ほかにも、仲の悪い弟が、外で物盗りに襲われたふうを装って兄を殺した、という一件を解き明かした、と話していた」

「へえ、そのようなことが」

「うむ、倉多はすでに十数年、同心を務めているからな、殺しに初めて関わる身としては、聞くしかない」

「なるほど、倉多殿が自らそのような捕り物に関わったとなれば、考え方がそちらに向いてもおかしくはないですね。しかし、兄弟で殺しとは……」

しかめた顔を天井に向ける冬吾を、紀一郎は顔を背けて横目で見た。

「そなたはどう思う。そのような心情、わかるか……」

え、と冬吾は顔を戻す。

「いやぁ、わかりませんよ」

苦笑して膝を撫でた。

そうか、と紀一郎も顔を戻し、ほっと息を吐いた。笑顔になると、それを弟に向ける。

「小僧の話、助かった。礼を言う」

「いえ」冬吾も笑顔になった。

「子との関わりが役に立っているのです。だんだんと気易くなってきたので、また行ってみますよ。なにか別の話が聞き出せるかもしれない。兄上も探索を続けるのでしょう」

「うむ、辰次は倉多にまかせて、わたしは深川の遊び人を当たってみようと思っている」

そう言うと、紀一郎はすっと腰を上げながら、弟を見下ろした。

「冬吾、屋敷で夕餉をとらないか」

「いえ、わたしはあとでそばを食べに出ます。そのほうが気楽なので」

「そうか」

紀一郎は背を向けて、土間に下りる。と、小さく振り返って微笑んだ。

「確かに、ここは気が張らずにすむな」

冬吾が黙って頷くと、紀一郎も目で頷いて、外へと出て行った。

第二章　秘された子

一

箒《ほうき》を手にした冬吾は、ゆっくりと雀堂の中を掃いていた。

手習い所は一日、十五日、二十五日が休みだ。五月十五日であるこの日は、誰も来ない。開けた戸から朝日が差し込み、外のざわめきが伝わってくる。

箒を置き、棚へと手を伸ばした冬吾は、一冊の本を手に取った。『平家物語』と書かれた表紙を見つめ、しまった、とつぶやいた。

その本は、先月の二十五日に借りた物だった。英吉とおはるの父親、助佐が持ってきた物だ。貸本屋をしている助佐は、背中に本の詰まった箱を背負ったまま雀堂にやって来た。毎月二十五日は、親が月並銭を収めるのが習いだ。額は決まっていないし、家によっては銭ではなく物を持参することもある。

助佐はやって来ると、いきなり頭を下げた。

〈すみません、お納めできる物がなくて〉

いや、と冬吾は首を振り、その背に目を向けた。

〈あ、なれば、本を一冊、お借りできますか、少し安くしていただいて〉

それならば負担にはならず、心苦しくもなるまい、と思ってのことだった。

はい、と荷を下ろした助佐は中から本を取り出した。助佐は人気の読み本などを並べたが、冬吾は箱を覗き込んで『平家物語』に手を伸ばした。人気の本は借り手がいるだろうが、人気のなさそうな本であれば商売に差し支えあるまい、と考えたのだ。

〈これをお借りしてもよろしいですか〉

え、と意外そうな顔をした助佐に、冬吾は微笑んだ。

〈昔、一度読んだきりなので、もう一度、読みたいのです〉

冬吾の考えを察したように、助佐は〈ありがとうございます〉と頭を下げた。

そのときのことを思い出しながら、冬吾は本を持って外に出た。

確か、二本裏の道と言っていたな……。おはるの言葉を思い返しながら、冬吾は道を曲がった。

細い道を進むと、小さな借家が並ぶ一画に、貸本、と書いた札が下がる軒先が見つかった。

おう、ここに違いない、と冬吾は「ごめん」と声をかける。

「はい」高い声が返り、すぐに戸が開いた。開けたのはおはるだった。

「えぇっ」と目を丸くする。

「お師匠さま、なんで」

「うむ、助佐殿はおられるか、本を返しに来たのだ」

あ、はい、とおはるが振り向くと、背後に助佐が姿を見せた。

「これはお師匠さま、わざわざお越しとは」

「いや、これを戻しに」

冬吾は本を手に土間へと入った。

「ああ、お師匠さまだ」

英吉も走り出てくる。

「おっかさん」おはるは奥へと声をかける。

「お師匠さまがお見えよ」

まあ、とゆっくりと母のおふじが出てくると、正座をして深々と手をついた。

「英吉がお世話になっております」

その顔を上げる。

「いえ」冬吾は姿勢を正して、礼をした。やはり、英吉に似ているな……。

おふじは微笑んで、手で座敷を示した。

「狭い家ですが、どうぞお上がりを」

「ええ、上がってくださいい、お師匠さま」

おはるも笑顔を向けると、英吉も冬吾の袖に手を伸ばした。

「お師匠さま、どうぞ」

では、と冬吾は座敷へと上がる。

「どうぞ、こちらに」

と、助佐が手で招く。次の間には、本が山と積まれている。

「次の本ですね、どうぞお選びください」

そう微笑む助佐に、冬吾は『平家物語』を返した。

「いえ、そうではなく、用事ができてゆっくりと本が読めなくなったので、お返しに来たのです」

手を懐に入れ、

「で、借り賃の支払いも」

と、冬吾は巾着を取り出そうとした。

「いえ」助佐は手で制した。

「とんでもない、お師匠さまからはいただけません」

その硬い面持ちに、冬吾は巾着を離して手を出した。

「では、ご厚意に甘えます」

言いながら、冬吾は積まれた本を見た。子供向けの赤本や大人向けの物語である黄表紙や青本、黒本など、さまざまな書物がある。その奥には、『万葉集』の表紙も見えた。下には古そうな厚い書物も積まれている。

冬吾は助佐の顔を横目で見た。商人というよりも武士のような品がある。背筋も商人は丸めるのが自然だが、助佐の背は伸びている。

浪人であったのだろうな、と冬吾はその胸中で思った。

「お邪魔を」

そこにおふじが盆を手にやって来た。

「お恥ずかしい粗茶ですが」

冬吾の前に湯飲みを置いた。ひびは入っているものの、ちゃんと茶托《ちゃたく》に載っている。

「頂戴します」

冬吾は湯飲みを手に取って口に寄せた。と、すぐにそれを戻し、湯気で曇った眼鏡を外した。

「まあ」おふじが身を乗り出す。

「ほんとねえ」

その声におはるが飛んで来て、母の横に座った。

「おっかさんたら」

手で母の膝を叩く。

「だって」おふじが笑い出す。

「おはるがいつも言うからよ、お師匠さまは眼鏡を取ると、まるで役者みたいな二枚目だって」

冬吾は顔を伏せた。

「もう、やめてってば」

頬を赤くしたおはるが、さらに母を叩く。

ははは、と笑い声を上げたのは助佐だった。

「いや、これはご無礼、うちの女どもが失礼なことを……」

いいえ、と冬吾は苦笑しつつ眼鏡をかけた。

「おはるさんにはいつも弁当を届けていただいて、助かっています」

「まあまあ」おふじが頭を下げる。

「粗末なお菜でお恥ずかしい……あたしが寝込みがちなもので、台所はおはるにまかせてしまって、お口に合わなんじゃないかと心配はしてるんですけど」

「いいえ」冬吾は首を振る。

「いつもいい味です。ひじきやあさりの煮物は特に旨い、出汁が利いてます」

おはるは照れた笑顔で肩をすくめる。

「まあ、それなら」おふじが手を振る。

「中食を召し上がっていってくださいましな、これから支度をしますから」

「いや」冬吾は慌てて腰を浮かせた。そこまで図々しくはできない。

「昼はアカやトラが待っているので……お茶をごちそうさまでした」

改めて会釈をすると、「では」と立ち上がった。

おはるは肩をすくめて「雀もですよね」とつぶやく。

「うむ」苦笑した冬吾は付け加える。

「それに昼から行かねばならぬ所もあるゆえ」

戸口へと向かう。

そのあとに皆も続き、上がり框《がまち》に並んだ。

低頭する一家に一礼して、冬吾は外に出た。

おふじやおはるの先ほどのやりとりが思い出され、冬吾は笑みをかみ殺しながら、表へと戻った。


昼をすませ、雀堂の戸締まりをすると、冬吾は浜町へと向かった。

すでに馴染んだ路地へと足を踏み入れる。と、その足を止めた。

家のほうの勝手門から、竹松が風呂敷包みを抱えて出て来た。そのあとに娘が続くと、二人は路地の反対側へと歩き出した。

冬吾はそっとそのあとを追った。

どこへ行くのだろう……。冬吾は二人の背中を見つめながら進んだ。娘の着物と帯はひと目でよい物だとわかる。主の娘なのだろうか……。

間合いを取りながら尾けると、二人は永代橋を渡って行った。

にぎやかな深川の町を左に折れると、静かな寺町へと進んで行った。

昔、大火で焼かれた町から深川に移された寺が集まっている一画だ。長い塀が続き、門の向こうには墓地も見える。

二人はやがて一つの山門をくぐった。門には朝岳寺《ちょうがくじ》と書かれた額が掲げられている。

冬吾は門の陰から窺う。

二人は本堂で手を合わせると、墓地へと移って行った。

冬吾も境内に入り込むと、墓地の隅に立つ阿弥陀堂《あみだどう》の脇に身を寄せた。そこからそっと、二人の姿を目で追った。

墓地には立派な石碑もあれば、小さな墓石もある。卒塔婆《そとば》だけが立つ墓所もある。

二人は小さな墓石が並ぶ一画で立ち止まった。

竹松が持っていた包みを開き、菓子や果物が載った笊《ざる》を取り出すと、娘に渡した。

娘はしゃがむと、それを小さな墓石の前に置いた。手を合わせ頭を垂れると、そのままじっと瞑目するのが見て取れた。横の竹松も同じようにしている。

冬吾もじっと佇《たたず》んだままでいた。が、その足を踏み出した。二人がゆっくりと立ち上がったためだ。

娘は小さな墓石に今一度手を合わせると、竹松に頷いて歩き出した。

冬吾は唾を飲み込むと、よし、と歩き出す。

二人がやって来たところに、冬吾は横から歩み出た。そこで「やっ」と声を上げて立ち止まった。

竹松も「あっ」と足を止める。

驚く竹松を娘が驚きの目で見る。と、それを冬吾に向けた。

竹松は娘を見上げると、冬吾を目で指した。

「手習い所のお師匠さまなんですよ。清さんを知ってらしたんです」

ね、と見上げる竹松の眼に、冬吾は頷いた。

「う、うむ、まあ……」

清三を知っていたというのは嘘であるため、声が掠れる。それをごほんと咳で払った。

「清三さんの墓参りであったのか」

「そうです。お師匠さまもですか」

「あ、いや、わたしは知り合いの墓がここにあって……」

それも嘘だが、今度は声がちゃんと出た。冬吾はその顔を娘に向けた。

それを見て、竹松は口を開いた。

「おちよさまが清さんのお墓参りをしたいと仰せになったんで、あたしが案内したんです」

はい、とおちよが頷く。

「竹松は弔いにも出て、こちらの墓所を知っていたので」

竹松も頷く。

「旦那様も、お供物を用意してくだすったんです」

「ほう、そうなのか。清三さんは大事にされていたのだな」

冬吾の言葉に、おちよが墓石を振り返る。

「清さんはあたしの子守役もしてくれたんです。どこにでも付いて行ってくれて、世話をしてくれて……」

「そうであったか、まさかこのような目に遭うとは……」

冬吾も墓石に向いて頭を下げる。

ええ、とおちよは顔を歪めた。

「こんな……死に方をするなんて……」

伏せた顔に、襦袢《じゅばん》の袖を当てる。その濡れた眼で、墓石を見る。

「成仏できないなんて……そんな不憫なこと……」

「成仏できない、とは……どういうことです」

覗き込む冬吾から、おちよは顔を背けた。

「若くして、突然に殺されて……そんな最期を遂げた人は、阿弥陀様がお迎えに来られない、と人から言われたんです」

ううむ、と冬吾は喉を詰まらせた。そのようなことを言う人もあるのか……。

おちよの喉が小さく鳴る。嗚咽を堪《こら》えているのを察して、竹松が心配そうに見上げた。

「あの」冬吾が口を開いた。

「門前町で茶でも飲みませんか。ここは蚊もいるし」

周りで羽音をたてる蚊を手で追い払いながら、

「どうだ、竹松、団子を食べるというのは」

冬吾が問うと、竹松は「はい」と背筋を伸ばした。

「行きましょう、おちよさま」

と、先に立って振り向く。

さ、と冬吾も促すと、おちよは二人について歩き出した。

＊

同じ深川の道を、紀一郎が歩いていた。

供に町奉行所の中間を一人連れ、佐賀稲荷の近くの店を順に訪ねていたのだ。

清三が襲われた日に、逃げた二人を見た者はいないかと、地道に訊いていていた。

「はあ、それなら」出て来た米屋の手代が奥へと顔を向けた。

「ご隠居、お役人様ですよ」

放った声に、おう、と返事が上がり、老人が現れた。老人と言っても背筋は伸び、かくしゃくとしている。

手代は紀一郎に言う。

「ご隠居はあの日、走って来た二人連れにぶつかられたそうで」

「おう、そのことかい、ならお上がりくだせえ」

隠居は顎を回して座敷を示した。

では、と紀一郎は中間を土間に残して上がり込む。

向かいに座った隠居は、ぽんと膝を打った。

「あんときゃ、本所《ほんじょ》からの帰り道だったんですが、前から若い男二人が駆けて来やがってね、危ねえなと思ってあっしは脇に退《の》いたってえのに、一人の野郎がぶつかりやがったんでさ」

「ほう、どのような男らであった」

「へい、先を走ってたのは四角い顔をした野郎で、ぶつかってきたのは頰にこう、傷がありやしたね」

隠居は右の頰に指を当てて斜めに下ろす。

「おう、よく見ていたな」

身を乗り出す紀一郎に、隠居は胸を張る。

「ええ、目はいいんでね。それに、よけようともしねえから、正面から見据えてたんでさ。したら、案の定、ぶつかってきやがって、あっしぁ、怒鳴りつけたんだ。待ちゃあがれ、ってね」

「ほう、そうか、して、止まったのか」

「いや、待つわけねえ。そのまんま、走って逃げて行きやしたよ」

ふん、と鼻を鳴らす。

「それは佐賀稲荷の近くだったのだな」

「近くってほどじゃねえが、まあ道の先は稲荷って場所でしたね。けど、そんときゃ、騒動を知らなかったし、聞いたあとも、すぐには結びつけて考えやしませんでしたね」

「ふむ、だが、今になって思い当たったと」

「へえ、さいで。まあ、騒ぎがあったのはその日の夜に聞いたんですが、昨日になってふっと、あの二人は手代を襲った科人だったんじゃねえかって、思ったんでさ。自身番屋に話しに行こうかと、さっき店のもんらと話してたとこで」

「そうか」紀一郎は大きく頷いた。

「その話、聞き捨てならぬ、いや、大いに役に立つ。一人は四角い顔、ようは厳つい容貌ということか」

「へい、さいでさ。こう、えらが張ったっていうか、全体、ごつい顔でした」

「身体つきはどうであった」

「体つき……二人とも、背丈は高くも低くもなくってやつですね。ただ、ごつい顔の男は、身体つきもごついふうでしたね」

「ふむ、なるほど。して、右頬に傷のある男、そちらはほかに目に付いたとこはないか」

「そうですね」隠居は天井を見上げる。

「体つきはちと細かったかな……ううん、それくらいですかね」

「ふむ、それも十分役に立つ」

紀一郎は言葉を刻み込むように、何度も頷いた。

「着物は覚えているか」

「着物、ですかい。ごついほうは焦げ茶色だったかな、傷のあるほうは鼠《ねずみ》色だった気がしやすね。どっちもはしょって脚を出してたな」

ふむ、そうか、と紀一郎はつぶやく。よくある色だ……それに、いつも同じとは限らぬな……。

「ほかになにかあるか、覚えていることは」

「ああ、血が付いたんでさ」

「血、とな」

「へい、ぶつかった野郎が手や着物につけてたんでしょ、あとになって気がついたんですけど、あっしの袖も血で汚れてたんでさ。そいで、あいつらがやったんじゃねえかって、思った次第で」

「なるほど」紀一郎は腕を組んだ。

「それは重要な話だ」

へい、と隠居は顎を上げた。が、すぐに首を竦《すく》めた。

「まあ、これで全部なんですが」

「いや、役に立った、礼を申す」

紀一郎はそう言って立ち上がった。

＊

深川の門前町には多くの水茶屋がある。

永代寺《えいたいじ》と富岡八幡《とみおかはちまん》に参詣する人々が、常に行き交っているからだ。

緋毛氈《ひもうせん》の敷かれた長床几《ながしょうぎ》に、冬吾とおちよ、竹松が並んで座っていた。

竹松は頬を膨らませてあんこの載った団子を頬張っている。

その頭越しに、冬吾はおちよを見た。

「清三さんはいくつで音川の奉公に上がったんですか」

「あれは……」おちよは空へと目を向けた。

「清さんが十の歳でした。あたしは七つでしたから」

ふむ、と冬吾は兄の話を思い出していた。清三は二十歳、ということは奉公十年目であったということか……ああ、なればおちよさんは十七ということだな、おはるちゃんと同じか……。冬吾は考えながら、茶を飲んだ。

「清さんは」竹松が団子を呑み込んで顔を上げる。

「年季が明けてお礼奉公も終わって、そんで手代になったんですよ」

「ほう、働き者だったのだな」

小僧としての年季が明けたあとは、主から暇を出される者も珍しくない。使える、と認められた者だけが手代として雇われるのだ。

「ええ」おちよが頷いた。

「清さんは陰で怠けるような人じゃありませんでしたから」

「そうそう」竹松も頷く。

「みんなはこっそり裏に来てさぼったり、使いに出ればいつまでも戻って来なかったりするんだ。けど、清さんはそんなことしなかった」

「なるほど、悪い仲間と付き合うような人ではなかったのだな」

冬吾も空を見上げた。梅雨の始まりを知らせる曇り空だ。

さて、とその空を見ながら、冬吾は胸中でつぶやく。なれば、襲った二人組は、どのような目的で清三を殺したのだろう……。

おちよが自分の皿を竹松に渡した。

「これもお食べ」

「ああ、これもよいぞ」

冬吾も皿を差し出す。

「いいんですかい」

竹松は恐縮しながらも、二枚の皿を受け取り、頬を膨らませた。

「おちよさんは」冬吾は顔を向ける。

「清三さんから、兄さんの話を聞いたことがありますか」

え、とおちよは顔を向け、すぐにそれを逸らした。

「いいえ……お兄さんがいるということは聞きましたけど、それだけで……」

そうですか、と冬吾は顔を戻した。

おちよは口を拭く竹松を見ると、すっと腰を上げた。

「さ、戻りましょう、遅くなると弥助に叱られるわよ」

はい、と竹松も慌てて立つ。と、おちよは懐に手を入れた。

「ここのお代を払わねば」

「いえ」冬吾が手で制す。

「言い出したのはわたしですから、ここはわたしが」

竹松は向きを変えると、冬吾に頭を下げた。

「ごちそうさまでした」おちよも立ち上がる。

「恐れ入ります」おちよは下げた頭を戻して冬吾を見た。

「あの、お名をお聞かせいただいても……」

ああ、と冬吾も立ち上がった。

「草加冬吾と申す」

「草加さま……」

おちよはもう一度会釈をすると、では、と歩き出した。竹松もお辞儀をして、その後を追う。

人混みに紛れていく二人を見送り、冬吾も歩き出した。

おちよの話を思い返しながら、冬吾は腕を組んだ。小さな墓石も思い出される。成仏できない、か……。いや、とつぶやいて腕をほどいた。いい考えだ、と足運びが早くなる。

その足で永代橋に向かっていると、「おい」と横から声が飛んできた。

「冬吾」

小走りに紀一郎がやって来る。

「や、兄上、なぜここに」

「それはこちらの科白《せりふ》だ、わたしは聞き込みに来たのだ」

ああ、と冬吾は兄の後ろに控える中間に目を向け、小声になった。

「わたしも音川の娘御から話を聞けたのです。兄上、あとで雀堂に来られますか」

「いや、今日は宿直《とのい》の当番なのだ」

首を振る兄に、冬吾は「なれば」とささやいた。

「明日、屋敷に行きます。父上にも用事がありますので」

「うむ、わかった、では明日」

紀一郎は供に合図をして歩き出す。

冬吾は間合いをとって永代橋を渡った。

二

翌日。

屋敷の長い廊下を進んで、冬吾は膝を突いた。

開け放された障子の奥に、父の紀左衛門が座っている。手にした彫り刀を動かし、面を彫っている。

「父上」

声をかけると、父は「おう」と顔を上げ「入れ」と微笑んだ。

はい、と横に座った冬吾は、文机の上に並んだ彫り刀を覗き込んだ。

「彫り刀を一本、お借りできないでしょうか。それと、板切れも……小さい物でよいのですが」

ふむ、と父は顔を巡らせる。

「小さめの板切れとな……これでよいか」

差し出された板切れを冬吾は受け取る。

「彫り刀は細い物を……線刻をしようと思うているのです」

「線刻か、なればこれだな」鋭い刃の小刀を冬吾に渡す。

「そなたが彫り物とは、珍しいな」

「はい、思いついたことがありまして」冬吾は答えながら机に置かれた面を見た。

「翁ができてきましたね」

ああ、と父は小さく笑って手に取った。

「彫るにつれて、父上に似てきてしまってな、どうにも……」

「ああ、そういえばお祖父《じい》さまの面影がありますね」

「ほう、そなた顔を覚えているか」

祖父の紀三郎《きざぶろう》は冬吾が十歳の時に亡くなっていた。

「はい、お酒がお好きでしたよね」

「ああ」と父は苦笑して、面を目の前に掲げた。

「毎晩、いや隠居したあとは昼から飲んでおられたな」

「はい、春夏は縁側で庭を眺めながら」

うむ、と父は面を置いた。

「まあ、いろいろと思うところがおありだったのだろう……父上は、婿養子でこの家に入られたからな」

ちらりと目を向ける父に、冬吾は頷く。

「はい、お祖父さまから聞きました」

「なんと」父が顔を向ける。

「そなたに話したのか」

「ええ」

冬吾の頭の中に、夏の夜の情景が甦《よみがえ》った。

廊下を通った冬吾は、杯を手にした祖父に呼び止められ、横に座ったのだ。

夜空に浮かぶ半月を見上げながら、祖父はつぶやいた。

〈わしはな、この家に婿養子で入ったのだ。部屋住みであったから、養子になるしか一廉《ひとかど》の武士になる道はないと思うていた。それゆえ、婿入りの縁に飛びついたのだ。だがな……〉

横顔を向けたまま語っていた祖父が思い出されてくる。

「お祖父さまは」冬吾は顔を伏せる。

「こう仰せでした。養子に入れば堅苦しい暮らしになる、そなたは養子にこだわらず、気ままに生きよ、と」

なんと、と父の目が大きくなった。

「そのようなことを言われたのか……」父はその目を庭に向けた。

「いやそうか、同じ部屋住みの身であるそなたを案じたのだな」

はい、と冬吾は顔を上げた。

「情のこもったお言葉だったので、ずっと胸に残りました」

ふむ、と父の目が柔らかくなる。

「そなたが手習い所を始めたいと言い出したときには驚いたが、父上の言葉があってのことか……なればよい」

父は翁の面をもう一度手に取ると、じっと見つめた。

冬吾も面を見たが、すぐにその顔を廊下に巡らせた。足音がやって来る。

「おう、来てたか」

やって来たのは紀一郎だった。

すぐに冬吾の横に座ると、「父上もお聞きください」と、口を開いた。

「騒ぎの日、怪しい二人組と鉢合わせしたというお人が……」

深川の隠居から聞いたことを話す。

へえ、と冬吾は目を見開いた。

「ごつい顔に右頬の傷か……それは貴重な話ですね」

「ふむ」父も頷いた。

「その二人に間違いあるまい、血が付いていたというのは、科人の証《あかし》と言ってもよい」

「父上もそう思われますか」紀一郎は拳を握りしめた。

「よし、これで探索の方策が立ったぞ」

あ、と冬吾も口を開いた。

「わたしのほうも音川の娘と会いまして……」

冬吾はおちよから聞いた話を伝える。

「ふうむ」父は腕を組んだ。

「だとすると、兄が襲わせたとは考えにくいな」

「そうですね」紀一郎が頷く。

「金でも怨みでもないとすると、意図を計りかねますね」

親子三人が頷き合う。

そこに足音が近づいて来た。

「まあまあ、皆で揃って」母が膝をつく。

「夕餉のお膳が整いましたよ、さ、冷めないうちに」

はい、と息子二人が立ち、父もゆっくりと続いた。


雲の隙間からうっすらと差す朝の光を眺めながら、冬吾は帯を締め直していた。

朝餉はすでにすみ、皆、部屋に戻っている。堅苦しく見送られるのを避けるために、そっと屋敷を出て行くことに決めていた。

人気のない玄関を出ると、冬吾は門へと向かう。脇戸は半分開いており、そこにも薄い日が差している。

と、冬吾は足を止めた。

〈末丸《すえまる》〉と、呼び止められた気がして振り向いた。

元服前の幼名は、冬吾は末丸で兄は寿丸《ひさまる》だった。

八歳のあの日、呼び止めたのは祖母の徳だった。

やはり半分開いていた脇戸からは、兄が外へと出て行った姿が見えた。それを追おうと、門に向かおうとした冬吾に、鋭い声が追って来たのだ。

〈外に出てはなりません。そなたが出歩いて、畜生腹《ちくしょうばら》の子と知れたらどうするのです〉

足が竦み、そこで動かなくなった。

〈末丸〉

そこに駆け寄って来たのが母だった。

〈いらっしゃい〉

そう言う母に抱き寄せられた。

自分をきつく抱いた母の目が、祖母を睨《にら》んでいることに気がついた。

踵を返した母に肩を抱かれ、足早に屋敷へと戻ったことも思い出された。

小さく振り返ると、祖母も背を向けて歩き出していた。

そのときの光景が、冬吾の頭の中でぐるぐると回った。

ふうっと、息を吐く。

屋敷に連れ戻されたあとのことは、覚えていない。ただ、〈外に出てはなりません〉と母からも言われたのが耳の奥に残っていた。母には、なにも聞けなかった。

冬吾は曇天を見上げる。

出自のことを聞いたのは、それが初めてだった。しかし、母にも祖母にも、そして父にも聞くことはしなかった。祖母の尖った物言いと母の睨んだ眼差しから、聞いてはいけないことだ、と感じたのだ。聞けば、父までが困るような気がした。

その言葉を口にしたのは、しばらくしてからだった。

いつもそうしていたように、台所の勝手口をこっそりと訪ねていった昼だ。

そこでは中間の勘助が、残った飯粒を小鳥にあげるのが日課だった。雀や鵯《ひよどり》、椋《むく》鳥《どり》などが来て、巻かれた飯粒をついばむようすを見るのが楽しみだった。

〈そら、末丸さまも〉

勘助は飯粒を掌に載せてくれた。その腕には黒い輪の入れ墨が見えた。不思議な輪だと思ったが、気にはならなかった。

〈勘助は〉横から顔を見上げた。〈畜生腹、というのを聞いたことがあるか〉

あぁ、と勘助は顔を逸らした。と、ひと息吐いて、口を開いた。

〈知ってますよ。末丸さまは犬を見たことがありますか〉

〈うん、赤本の絵で見た〉

〈絵か……まあ、いいでしょう、犬ってのは仔をたくさん産むんです。で、人は犬のことを畜生と呼ぶんです〉

〈畜生〉

〈ええ、まあ、犬だけでなく猫も牛も馬も、獣はなんでも畜生って呼ぶんですけど、腹って言うときには犬のことなんでさ。いっぺんに五匹も六匹も、多いときには十匹も子を産みますからね。ま、そんなもんで、人がいっぺんに二人の子を産むと、そんなふうに言われるんでさ〉

〈二人……〉

唾を飲み込んでうつむいた。

そうか、と幼い頭の中でなにかがはじけた。

兄とはずっと一緒に育ったこと。体つきが同じなこと。祖父や父からよく見間違えられたこと。それらが、音を立ててぶつかり合った。

〈わたしは〉勘助を見上げた。

〈兄上と一緒に生まれたということか、だからそう言われるのか〉

勘助は顔を背けたまま空を見上げた。

〈まあ、いつかわかることでしょうから……けど、そんなの気にするこたぁありませんや。だいたい、犬は安産だからって縁起物にしてるくせに、なんて勝手な言い草だい〉

勘助は笑顔を向けてきた。が、末丸はうつむいた顔を上げられなかった。

大きな勘助の手が、そっと肩に置かれた。

〈人の言うことなんざ、いちいち真に受けちゃいけませんぜ。人は正しいことも言うけど、間違ったことだって平気で言いやがるもんだ。聞く値《あたい》があるかどうかは、自分で決めればいいんでさ〉

そのささやくような声に、やっと顔を見返した。

勘助はにこりと笑った。

〈犬の子ってのは、かわいいもんですぜ。あっしは子供の頃に、近所で生まれた犬や猫の子とよく遊んだけど、そりゃあちっさくてころころして、かわいらしいったらなかった。今でも外で見かけると、思わず手を伸ばしちまうくらいで〉

〈かわいいの〉

〈へい、そりゃもう。たくさん生まれて難癖つけられる、なんてえのは、人だけでさ〉

勘助は肩に置いた手に力を込めると、さっ、とその手で背中を押した。

〈お戻りなされ。大奥さまに見つかったら、また叱られますぜ〉

うん、と飯粒をすべて放り投げると、走り出した。

そのときの自分を思い出して、思わず冬吾は掌を見た。その顔を、あ、と上げた。しまった、と屋敷へと走り出す。弁当が作ってあるはずだった。

出し殻も入れてくれてるだろう……。そう思うと足が速まる。

祖母と母に見つからないように、冬吾は裏から台所へと回り込む。

開いた勝手口から、「勘助」と飛び込んだ。

はいな、と勘助が振り向く。

「弁当でしょう、できてますよ。出し殻も入ってますぜ」

三

深川の寺町の辻を曲がり、冬吾は先日、おちよと竹松を追ってやって来た朝岳寺に着いた。

清三の墓前で手を合わせると、阿弥陀堂に行く。

堂内には、阿弥陀仏の座像が祀られていた。

それに向き合うと、懐から板切れと矢立《やたて》を取り出した。矢立には小型の筆が収められ、墨壺が付いている。冬吾は立ったまま筆に墨を付けると、板に線を引き始めた。阿弥陀仏の姿をそこに写していく。

耳には時折、参拝客の足音や話し声などが入ってきた。墓地を出入りする足音も聞こえてくる。

冬吾は足を動かす。ずっと立ったままで、むずむずとしてきたためだ。あと少し、と己に言い聞かせて筆を動かす。板には阿弥陀仏の姿が描き出された。

よし、と冬吾は手を止めた。これでよい……。

矢立をしまうと、墨の乾いていない板を手に、冬吾は阿弥陀仏に一礼をした。その頭を戻して踵を返すと、あっと声を上げた。そこに男が立っていたのだ。同心の倉多七三郎だった。

「おう、やはり」倉多が歩み寄ってくる。

「後ろ姿で草加様の弟君では、と思いましてな」

「ああ、倉多殿でしたか……奇遇ですね」

ふむ、と倉多は冬吾の持つ板を見る。

「阿弥陀様を描かれていたのですかな」

「ええ、下手な絵ですが。倉多殿はなにゆえに……」

察しは付いたが、冬吾は知らぬふうな顔をした。

倉多は小さな墓石を横目で示す。

「ここには殺された清三の墓がありましてな、兄の辰次が姿を現すのではないかと、ようすを見に来ているのです。ご存じですかな、清三の一件は」

「はあ、兄から聞きました……その辰次とやらが怪しいそうですね。行方をくらませていると聞きましたが」

冬吾の言葉に、倉多が頷く。

「ええ、清三が殺された頃に姿を消してましてな。まあ、雇い主の船主を質《ただ》したところ、船が壊れて修理に出したため、奉公人に休みを出したということだったんですがね」

「ほう、そうでしたか」

それは兄から聞いていなかった。兄は辰次のことにはさほど熱を入れていないようだった。

「しかし」冬吾は小首をかしげて見せた。

「弟を殺すなど、どのようなわけがあったのでしょう」

「そいつは怨みですよ」倉多は顎を上げる。

「兄弟同士の殺しは珍しいことじゃありません。わたしが関わった件でもそうでしたし、見聞きしたこともほとんどは怨みですよ。世の人は身内で殺しなんてまさか、とよく言いますがね、なに、殺しは案外身近な者が起こすんです」

「そうなのですか」

「そうですとも、人との関わりってのは、近ければ近いほど情が湧く。情には憎しみや怨みも伴いますからね」

「なるほど」

冬吾が感心して頷くと、倉多の顎がさらに上がった。

「それに、一度悪事に手を染めた者は、何度でも繰り返す。辰次も前に、借りた金を踏み倒した挙げ句に刃傷沙汰を起こしてますからね。そういうことをする男は、次にはもっとでかい悪事をするんですよ」

「そういうものですか」

「ええ」

倉多は胸を張った。

その自信に満ちた姿に、冬吾は言葉をなくした。

「まあ」と倉多は顎を引いた。

「手習いのお師匠さまには役に立たない話でしたな」

「いえ」冬吾は笑顔を作ってみせる。

「なにごとも学びとなります。よい話を聞かせていただいたと、兄にも伝えておきます」

ふむ、と倉多は鼻を膨らませた。

「わたしも探索に励んでいるのでご安心を、とお伝えくだされ」

そう言うと、くるりと背を向けた。

冬吾は倉多が山門を出て行く姿を見送ってから、ゆっくりとそれに続いた。

永代橋に向かって歩きながら、兄弟の怨み、と胸中でつぶやく。

そのつぶやきを抱えたまま、冬吾は永代橋に足をかけ、空に浮かぶ茜色の雲を見上げる。と、そうだ、とつぶやいて目を戻した。本だ、と手を打つと、足を速めて橋を渡った。


八丁堀の道に入り、貸本の札が下がった戸口に冬吾は立った。

「ごめん」

呼びかけると、すぐに戸が開きおはるが目を丸くした。

「まあ、お師匠さま」

「助佐殿はお戻りか」

はい、とおはるは戸を開けて中へと誘《いざな》う。

「どうぞ、お上がりを……おとっさん、お師匠さまがお見えよ」

座敷に上がった冬吾を、助佐が奥で迎える。

「さ、どうぞ」

向き合った冬吾に、して、なにか、と助佐が首をかしげる。

冬吾は一つ咳を払って口を開いた。

「伊達政宗公《だてまさむねこう》に関する書物はありますか」

「はて、戦国物の本はありますが、伊達政宗だけでよいのですか」

「ええ、戦いではなく、兄弟殺しのことを知りたいのです。政宗は確か弟を殺してますよね」

ああ、と助佐は頷いた。

「はい、弟の小次郎《こじろう》ですね。実の母御と弟の小次郎が、政宗の毒殺を謀《はか》ったために斬り殺した、と。まあ、それは今に伝わる話で、真偽のほどはわかりませんが」

助佐は身をひねると、本の山を覗き込んだ。そこから黒い表紙の本を取り出すと、冬吾に差し出した。黒い表紙は軍記物などによく用いられる。

「これは武将の武勇伝を書いた本で、伊達政宗の話も含まれています。と言っても、小次郎のことが書かれているのはほんの数行ですが。どうぞ、お持ちください」

はあ、と手に取った冬吾の顔を、助佐は上目でちらりと見た。

「兄弟殺しとはまた……ちと物騒なお題ですね」

ああ、と冬吾は苦笑した。

「いや、そうした騒動があって、兄が探索に携わっているのです」

「はあ、そうでしたか、兄上様は与力でしたね」助佐が真顔になる。

「確かに、そういう話は時折、耳にしますね。そういえば、徳川《とくがわ》様も……」

　助佐は声を低めた。

「三代将軍の家光公《いえみつこう》もそうでしたね。実の母君が弟君をかわいがったせいで仲が悪く、仲違いの挙げ句に切腹させられた、と……」

　あ、と冬吾は声を漏らした。

「そういえば……」

　冬吾は昔に聞いた話を思い出した。

　長男の家光は乳母《めのと》の春日局《かすがのつぼね》に育てられたが、次男の忠長《ただなが》は実母の江与《えよ》に育てられた。そのせいもあってか、江与は忠長を溺愛し、家光には冷淡だった。家督相続も忠長にさせたいと言い出したため、春日局が家康《いえやす》に直談判する。

　家康は長男相続を定めとし、家光が将軍を継ぐことに決まった。当主になることを期待していた忠長は、それから乱行が増えていった。罰を受けても反省するどころかますます狼藉が多くなり、ついには切腹を命じられて終わったのだ。

　冬吾の耳の奥に、聞かされたその話が甦った。さらに語り聞かせた声も甦ってきた。祖母の徳の声だった。

〈次男の分を超えようなどと、思うてはならないのです〉

冬吾は耳に刻まれた声を払うように、そっと顔を振った。言われるまでもないことを……。

その背後から声がかかった。

「どうぞ、粗茶ですが」

おふじが湯飲み茶碗を前に置く。

その後ろにはおはるもいた。

冬吾は湯飲みから昇る湯気をじっと見つめた。

母や祖母、兄の顔が頭の中を巡っていた。

「あの」おふじが覗き込む。

「冷めないうちにどうぞ」

ああ、と冬吾は湯飲みを口に運ぶ。

「いただきます」

眼鏡が湯気で曇る。が、そのままにしていた。

母子が顔を見合わせ、小さく肩をすくめる。

冬吾はそれには気づかずに、茶を飲み干した。

雀堂の奥の部屋で、冬吾は書見台に向かっていた。台にあるのは助佐から借りてきた本だ。

ふうむ、と冬吾は文字をいくども目で追いながら、頭の中で考えを巡らせていた。小次郎が死んだのは政宗が家督を継いだあとか、なれば跡目争いではないのではないか……いや、兄が死ねば家督は弟のものになる、そのために母と共謀して毒殺しようとした、とも考えられるか……しかし、実の母がそこまでするだろうか……。

冬吾はまた、文字を目で追い直す。

政宗は小次郎を七代にわたっての勘当、としているのだな、八代目当主によって勘当が許されているのだから、これは真のことだろう……となれば、小次郎に対する憎しみを抱いたのは確かといえる、なにかがあったことだけは間違いないだろう……。

冬吾は本を閉じた。

まあ、もう三百年も前のこと、真相はわからぬが……。そうつぶやいて、畳の上に寝転んだ。

天井を見つめてから、その目を閉じる。

瞼《まぶた》の裏に兄の顔が浮かんでくる。その顔が幼い日の面影に変わり、ふざけ合っていた情景が思い起こされた。と、眉が寄った。祖母の顔が現れたからだ。

〈なりませぬ〉

そう言って、徳は冬吾の手をぴしゃりと叩いた。

ふざけ合っていた冬吾の手が、勢い余って兄の顔に当たってしまったせいだった。

〈跡継ぎの顔を打つなど、なんという不心得〉

そう言って、さらに手を振り上げた。

そこに覆い被さったのは母だった。

〈お許しを〉そう言って母は冬吾を抱きしめた。

〈幼い子ゆえ、つい当たってしまっただけ、打ったわけでありません〉

母は兄を見た。

〈痛くはないでしょう〉

はい、と兄は頷いた。

冬吾は母の腕の中から、祖母が手を下ろすのを見ていた。そして、背を向けて廊下を去って行く祖母の足音を、じっと聞いていた。

思い出すと、頭や背中を撫でた母の手の温かさが、甦ってきた。

冬吾は目を開けると、身を起こした。

八丁堀の川向こうへと顔を向ける。

兄は……わたしを邪魔だと思うたことがあるのだろうか……。

しばし宙を見つめ、冬吾は、いや、と顔を振った。

考えが逸れてしまった……。そうつぶやいて、顔をさらに振った。

「さあ」と口に出して、冬吾は身体を起こした。阿弥陀仏を写した板と彫刀を手に取って、文机に向かう。

墨で描いた仏の姿に刃先を入れ、ゆっくりと彫り始める。溝が線になり、少しずつ仏の姿が線刻されていく。

む、とその顔を上げた。

暗いな、とつぶやいて冬吾は行灯《あんどん》を振り返った。火をつけるか……いや……。

冬吾は立ち上がる。腹が減ったな、飯屋が先だ……。

腕を伸ばすと、冬吾は外へと出て行った。

第三章　告　白

一

浜町の路地を曲がると、いつものように竹松がしゃがむ姿が見えた。近づくと、茄子《なす》と白瓜《しろうり》を洗っているのがわかった。

足先が見えたのか、竹松が顔を上げる。

「あ、お師匠さま」

「おう、精が出るな」腰を曲げた冬吾は家のほうを見た。

「おちよさんはいるだろうか、ちと用があるのだが」

「はい、呼んできましょう」

竹松は立ち上がると、家の勝手戸へと駆け込んだ。間を置いて戻って来ると、後ろにはおちよがいた。

「まあ」と出て来たおちよが頭を下げる。

「先日は、ごちそうになりまして」

「いや」と冬吾は笑みを作って懐に手を入れた。

「今日はこれを渡しに来たのです」

線刻の入った板を差し出す。

それを覗き込んだおちよは、あの、と踵を返して振り返った。塀の勝手戸の中へと手で招く。

「どうぞ、中へ」

後ろについて庭に入っていくと、その片隅でおちよは向き合った。改めて冬吾が手にした板を見つめ、手を伸ばした。

両手で受け取ったおちよは、板を見つめてから顔を上げた。

「これは、阿弥陀様ですか」

「うむ、朝岳寺の阿弥陀堂に行って姿を写し、彫ったのだ。清三さんが亡くなったときには阿弥陀様が間に合わなかったとしても、この世の者が迎えに来てくださいと祈ればきっと来てくれる。それが供養というものだと、昔、書物で読んだのを思い出したのだ」

「お迎えに……」

「うむ、墓のあるお寺の阿弥陀様ゆえ、清三さんをちゃんと浄土に連れて行ってくれるはず」

「清さん」おちよの声が震えた。

「そうなんでしょうか、ちゃんと成仏できるんでしょうか。清さん、血だらけだったって……」

うつむいた顔と肩が震え、おちよはしゃがみ込んだ。

身を丸めて、嗚咽を漏らす。

え、と戸惑いながらも、冬吾はその向かいにしゃがんだ。

阿弥陀仏の板を抱きしめたおちよの顔から、はらはらと涙が落ちている。

まさか、これほど泣かれるとは……。動揺を呑み込んで、冬吾は小声で言った。

「清三さんとは、気のおけぬ仲だったのだな」

おちよは深く頷き、顔を伏せたままつぶやいた。

「あたし、清さんと好き合ってたんです」

えっ、と冬吾は息を吞んだ。好き合う……そのような仲だったのか……。

「清さんは」おちよが濡れた顔を上げた。

「あたしのせいで殺されたかもしれないんです」

ええっ、と冬吾は息を呑み込んだ。

「や、それはどういう……」

眼をしばたたかせる冬吾に、おちよは塀の向こう側を目で示す。

「そこでよく、竹松を挟んでこっそりと言葉を交わしてたんです。それを、兄さんと手代頭に見られて……」

ううむ、と冬吾は眉を寄せた。

「二人のこと、親父様は知っておられたのか」

「いいえ」おちよは首を振る。

「下手をすれば密通ということになって、清さんがお縄になってしまうかもしれませんから」

ううむ、と冬吾は腕を組んだ。密通か……。

おちよはまだ肩を震わせている。

「だから、隠してたんです。嘘もついてました。ほんとは辰次さんのことだって、知ってたんです」

「む、そうなのか」

「はい、清さんに引き合わされたんです、何回か、喋《しゃべ》ったこともあります。すみません、嘘を言って」

深く頭を下げるおちよに、冬吾は小さな咳を払った。

「いや、わたしとて、隠していたことがある。わたしは兄が町方与力であるゆえ、探索の手伝いとして、こちらに参ったのだ」

「町方与力……町奉行所のお役人なのですか」

与力や同心はほかの役所にもいるため、町奉行所の役人は上に町方がつけられる。

「うむ、すまぬ、そういうことだ」冬吾は背筋を伸ばした。

「それゆえに尋ねるが、清三さんが殺されたのがおちよさんのせいというのは、どういうことなのだ」

おちよの顔が歪む。

「あたし、いつか折を見て清さんのこと、おとっさんに話そうと思ってたんです」

「ふむ……あ、母様《かか》はいないのか」

ええ、とおちよは頷く。

「三年前に病で……だから、おとっさんと兄さんだけなんです」

おちよは涙を拭きながら冬吾を見上げた。

「それで……」

開きかけた口をおちよは閉じた。

「おちよ」

家から声が聞こえてくる。

「おとっさんだわ」

おちよは家に顔を向けて立ち上がる。冬吾もそれに続いた。

「いないのか」

大きくなった父の声に、おちよは冬吾の腕を押した。

「行ってください」

冬吾を押し出しながら、おちよは顔を振り向けて、

「はぁい」

と、大きな声を上げた。

冬吾が外に出ると、おちよは小さく頭を下げて、家へと駆けて行った。

路地に立った冬吾は、半ば呆然としながら顔を巡らせた。

竹松の姿はない。茄子と白瓜も消えているところを見ると、台所へと入ったのだろう。

ふう、と息を吐いて、冬吾は家を見上げた。

そんなことだったとは、いや、驚いた……。そうつぶやきながら、冬吾は路地を出て歩き出した。

雀堂の文机に座って、冬吾はじっと考え込んでいた。

昨日のおちよの話が頭から離れない。あたしのせい、とはどういうことだ……。子供らの話し声が耳を掠《かす》めていく。開け放した窓や戸からは、初夏の風が流れ込んで来ていた。

その風を頬に受けながら、冬吾は胸中で繰り返す。兄というのは、前に見かけたあの男だな、浮かれたふうの足取りで出て行った……手代頭は倉多が自身番屋に呼び出したと言っていたな……。

考え込んでいた冬吾の耳に、「きゃっ」という高い声が飛び込んで来た。見ると、手習い子のおはなが立ち上がっている。

「どうした」

「お師匠さま、これ」

天神机の上を指で差す。

寄って行くと、そこにはかまきりがいた。

「飛んで来たんです」

おはなが後ろに下がり、男の子らが寄って来る。

ああ、と冬吾は子らを手で制した。

「かまきりは人を襲ったりしないから、怖がることはない。見なさい、捕まえるときにはここをこうして……」

手を伸ばすと、三角形の頭のすぐ手前の首を指でつかんだ。

「そら、ここをつかめば鎌《かま》が届かないのだ」

わあ、と子らは目を輝かせる。

「これは大きいから雌《めす》だな、そら、お腹も大きいだろう。かまきりは雄《おす》のほうが小さいのだ。うちの庭にもたくさんいる」

へええ、と皆が見つめる。

「雄は食べられちゃうって聞いたけど、ほんとですか」

吾一の問いに、ああ、と冬吾は頷く。

「雄は番《つがい》になったあと、死ぬものが多いのだ。すると、雌がそれを食べる。雌は卵を産まなければならぬから、それを命の元にするのだ」

へええ、とまた声が上がる。

「さっ、逃がしてやろう」

冬吾は窓へと持っていき、そら、と手を離した。

かまきりが飛んでゆき、子らがそれを見送る。

そこに、風呂敷包みと土瓶を下げたおはるがやって来た。

「あ、姉ちゃん、弁当だ」

英吉の言葉に、冬吾は香時計を見に行く。

「おう、こんな時刻だったか。さ、ではみんな、もどって中食をすませておいで」

はあい、と子供らがばらけて行く。

「お邪魔します」

おはるは上がり込むと、二つの弁当箱を弟と冬吾に差し出した。

「かたじけない」

受け取った冬吾は、すぐに蓋を開けた。

おはるは湯飲み茶碗に白湯を注ぎ、弁当を食べ始めた二人を見る。

「うむ、この菜飯《なめし》は旨い」

冬吾が笑顔になった。菜飯は塩で揉んだ青菜を刻んで、ご飯に混ぜたものだ。

「よかった、しらすも混ぜ込んだんです」

おはるはにこにこと頷く。

冬吾は曇った眼鏡を外して、白湯を飲む。

英吉はひと足先に箸を置くと、「ごっそさま」と外へと遊びに出て行った。

冬吾はふと、おはるの顔を見た。

「おはるちゃんは……」

「はい、なんでしょう」

「恋をしたことがあろうか」

冬吾の問いに、は、とおはるの笑顔が消えた。その顔がたちまちに赤くなり、おはるは顔を伏せた。

「え、そんなこと……」

掠れた声に、冬吾は、ふむと腕を組む。

「それが人に知られれば罰を受けることになるやもしれぬ、それでも抑えることはできないものなのかと……そのあたりがわからぬのだ」

おはるは膝の上で合わせた両手を見つめ、ひと息吸うと、顔を上げた。

「逢ひ初《そ》めてうら濃き恋になりぬれば思ひ返せど返されぬかな」

一気に流れ出した言葉に、冬吾は目を丸くした。

「え……それは……」

おはるが小さく微笑んだ。

「西行《さいぎょう》です」

「ほ、う」冬吾は顔を斜めにする。

「西行にそのような歌があったか……わたしも好きな歌人だが、知らなかった」

「あたしも好きなんです。西行には少ないですけど、恋の歌もあって……」

「ふうむ……出逢って恋をして、それが深まれば、もう思いを戻そうとしても戻すことはできない、ということだろうか」

「ええ、そうした気持ちを読んだのだと、あたしも思います。恋をしてしまえば、その思いはもう消すことはできないのだと……」

「ふうむ、なるほど、そういうものか」

冬吾はつぶやく。

「あの」おはるは小首をかしげた。

「どうして、そんなことをお尋ねに」

「ふむ、ある娘がいてな……や……」

冬吾は、その目を外に向けた。

「お師匠さま、戻りました」

子が駆け込んで来た。そのあとにも足音が続き、騒がしく上がり込んで来る。

「あ、じゃ、あたしはこれで」

おはるは弁当箱を片付けながら、子らを迎える冬吾の背中を見つめた。

「娘って……」

そうつぶやきながら、おはるは風呂敷包みをぎゅっと結んだ。


子らが帰り、静かになった雀堂で、冬吾は腕を組んで座っていた。

さて、どうするか、屋敷に行くか……。そう考えながら、戸口に顔を向ける。外には黄昏《たそがれ》の薄闇が下りていた。

と、そこに人影が動いた。

あ、と冬吾は立ち上がる。

「兄上」

「おう」と紀一郎が入って来る。

「いたな、邪魔するぞ」

「はい、屋敷に行こうかと迷っていたのです、よかった」

ふむ、と上がり込んだ紀一郎が弟と向かい合った。

「また、なにかわかったか」

「ええ、音川の娘を訪ねたところ……」

おちよとのやりとりを伝える。

「なんと」紀一郎は目を見開く。

「では、その娘、清三と恋仲だったのか」

「そうなのです。わたしも驚きました。ですが、兄や手代頭との関わりは、おちよさんが父親から呼ばれて聞き損ねました」

「そうか、だがその話からすると、辰次と清三は仲がよかったように思えるな」

「ええ、おちよさんの話しぶりでは、辰次よりもむしろ兄や手代頭のほうが怪しいように感じられました」

ううむ、と紀一郎は腕を組む。

「しかし、あまりにも漠然としているな。襲った二人組を捕まえれば、一挙に明らかになるのだろうが。その者ら、わたしも捜しているのだが、まだ手がかりはつかめておらんのだ。深川界隈は遊び人が多く、ごつい顔の男も頬に傷のある男もたくさんおってきりがない」

苦笑する兄に、冬吾は声を落とした。

「あの、兄上に聞きたかったのですが、不義密通というのは、厳しい罰を受けるのですよね」

「む、確かに。妻がよその男と密通すれば、共に死罪となる。店の奉公人が主の妻と密通、となればもっと重く、男は市中引き回しの上で獄門、女は死罪だ。密通の手引きをした者がいれば、その者も死罪だ」

死罪、と冬吾はつぶやいて、身を乗り出した。

「では、主の娘はどうなのでしょう、娘は嫁いでいなくても、罪になるのですか」

「うむ、なる。主の許しもなく情を通じたとなれば、奉公人は江戸から中追放される。娘は手鎖《てじょう》をかけられ、親元へと帰される。もし、手引きをした者がいれば、所払いだ」

所払いは住んでいる町から追放される罰で、中追放は江戸から十里四方の外に追い出される罰だ。

中追放、と冬吾はつぶやいて顔を歪めた。

「ずいぶんと厳しいのですね。娘は独り身なのだから、不義というほどではないでしょうに」

「ふむ、しかし、奉公人はなにごとも主の許しを得なくてはならぬ身だからな、その定めを犯せば不届き者と見なされるのだ」

紀一郎は腕を解くと、その手で顎を撫でた。

「しかし、それゆえにその娘は清三との仲をひた隠しにしたのだな。死んだ後でも、知られれば不名誉な噂が流れるだろうからな。娘をたぶらかしたとか、手玉にとったとか、口さがなく言われ、さすれば主も香典は出さぬであろうよ」

「なるほど」冬吾は深く頷いた。

「おちよさんはそれゆえに、秘していたのか」

「しかし、これで、新たな探索の道筋が見えたな。音川の息子と手代頭も調べてみることにしよう」

「ええ、わたしも探ってみます。息子は見かけたことがあるので、姿を知ってますし」

「おう、そうか、頼む」

「はい、手代頭も勝手口で見かけたことはあるのですが、兄上は呼び出しをかけたのですよね。どのような男でしたか。小僧さんの話では、ずいぶん厳しい男のようですが」

「ふうむ、如才《じょさい》なく、口も回るし頭も回る、というふうであったな。店では厳しいとしても、それを表では出すまい。商人というのはそういうものだ」

話し終わると、さて、と紀一郎は腰を上げた。

「戻らねば……そなたの話、役に立った。助かるぞ」

いえ、と冬吾は見送りに立った。

敷居をまたぎながら、紀一郎は振り返った。

「もっと屋敷に帰って来い」

苦笑を見せて、出て行く。

冬吾はその後ろ姿を、黙って見送った。

二

昼の休みに、雀堂は静かになっていた。

冬吾はやって来た犬や猫に、皿を差し出す。

「旨いか」

目を細めて見ていると、目の端に人の足が入り込んできた。

顔を上げると、「やっ」と慌てて立ち上がった。

おちよだった。後ろには竹松も付いている。

頭を下げるおちよに、冬吾も会釈をしながら、竹松を見た。

「よくここがわかったな」

「前に八丁堀の雀堂っておっしゃってましたから」

にこやかに見上げる竹松の横で、おちよが頷く。

「それに草加様のお名前で尋ねたら、近所の人がすぐに教えてくれました」

「そうか、まあ、お入りなされ」

冬吾が手で招くと、おちよは竹松に小銭を差し出した。

「これでお団子でも食べておいで」

「はい」と竹松は、銭を握って駆け出して行く。

冬吾が天神机を寄せて座敷に招き入れると、おちよは改めて手をついた。

「先日はお見苦しいところを……失礼いたしました。あの……」

神妙な顔を上げる。

「話の続きを……よいでしょうか」

「むろんです、お聞かせください」

頷く冬吾に、はい、とおちよは口を開いた。

「お恥ずかしい話なのですが、兄の音次郎《おとじろう》は、出歩いてばかりいるんです。おとっさんは跡継ぎとして、いろいろ教えているんですけど、身が入らないようで、隙を見ては逃げ出す始末で……」

ふむ、と冬吾はいつか見た姿を思い出していた。派手な羽織に浮かれた足取りは、いかにも遊びに行くふうだった。

「おまけに」おちよは顔を伏せた。

「兄は岡場所通いでよくない病までもらってしまって、最近では顔がおかしなふうにもなってきて……」

病……瘡毒《そうどく》（梅毒）か……。冬吾は腹の底でつぶやいた。瘡毒が進むと、鼻など変形することはよく知られていた。

おちよは少しだけ顔を上げた。

「そんなふうですから、おとっさんは、兄さんに店を継がせることをあきらめたみたいなんです。暖簾分けをして、小さな店を持たせればいいって、考えを変えたみたいで」

「ふうむ、それは致し方ないであろう」

瘡毒は治る病ではなく、重くなれば命を落とすこともある。

おちよは頷く。

「で、おとっさんは考えたみたいなんです。あたしと手代頭の弥助を夫婦にして、店を継がせよう、と」

「なんと、そうであったか。いや、番頭を婿にして継がせるという話はよくあるようだが」

「はい、店にはよくある話です。けど、うちの番頭はもう四十を過ぎているので、婿にするなら若いほうがいいと、おとっさんは思ったんでしょう」

「ふむ、それも道理だが。して、おちよさんはそれを受けたのか」

「いえ、はっきりと言われたわけじゃないんです。おとっさんが弥助のことを褒めて、どう思う、と訊くので、察しただけなんです」

その伏せがちの顔を、冬吾は見た。察しがよいのだな、ふむ、それゆえ、父はよい女将《おかみ》になると踏んだのかもしれないな……。

「おちよさんが清三さんのことを話さなかったのは、おとっさんの考えをわかっていたからか」

「ええ、清さんはまだ若いし、手代になってから日も浅いので、おとっさんが納得するとも思えず……下手に言って、密通だなんてことになったら、二度と会えなくなってしまうし」

　ふうむ、冬吾は天井を見上げた。

「そうしたところに、おちよさんと清三さんが仲良くしている姿を見られてしまった、ということか」

「はい」おちよは頬を赤くする。

「あたしはとぼけたんですけど、兄さんが言ったんです。情が通ってるかどうかは、見りゃすぐにわかる。恋仲の男と女は、交わす眼や身のひねり方が違うんだって」

　ほう、と冬吾は目をしばたたかせる。そういうものなのか……。

　おちよは顔を上げた。目を見据える。が、開きかけた口を、また閉じた。

　なにかを言い澱《よど》んでいるふうだった。

　冬吾は口が動くのを待ったが、おちよの赤い唇は固く結ばれ、下を向いた。

　そこに「お師匠さま」と声がかかった。

　耳をそちらに向けると、子供らの声がしていた。

　おちよもそれに気づいて、頭を下げた。

「すみません、お邪魔をしてしまいました」

「おちよさまぁ」

竹松の声も聞こえてくる。

「あたし……」おちよが肩をすくめる。

「鼓《つづみ》のお師匠さまのところに行くと言って出て来たんです。ほんとにそっちにも行かないと」

そう言って、立ち上がった。

冬吾もそれに続く。

「いや、話を聞いてよくわかった。来てもらってかたじけない」

おちよはくるりと向き直った。

「うちにもお役人が来て、清さんと辰次さんのことを聞いたそうなんです。なんだか辰次さんが疑われてるみたいで。あたし、辰次さんはそんな人じゃないって思ってます。お師匠さま、与力のお兄様にお伝えください」

深々と頭を下げる。

「うむ、あいわかった、伝えよう。わたしもそのあたりは腑に落ちぬものがあったのだ」

「そうですか」おちよの顔が明るくなる。

「来てよかった」

そうつぶやくと立ち上がった。

子供らは、外からようすを窺っている。

土間では竹松が待っていた。

おちよは改めて礼をすると、土間に下りた。

が、出ようとした足を止めた。

戸口に立っていた人影のせいだ。

「あ、おはるちゃん」

冬吾の声で、おはるは身を引いて、おちよに道を空けた。

おちよは会釈をして、出て行く。

冬吾も下駄を履いて、外に出た。

「すまぬな、送って行ければよいのだが」

「いえ」おちよが微笑む。

「お邪魔をしました」

そう言って、竹松とともに背中を向けた。

見送る冬吾に、おはるが近づいた。目でおちよを追っている。

「すみません、邪魔してしまって」

おはるは言いながら、手にしていた風呂敷包みをぐいと差し出した。

「おとっつぁんから本を預かったんです。伊達政宗のことを書いた本がほかにもあったからって」

押しつけられた包みを冬吾は受け取る。

「ああ、そうであったか。伊達政宗はもう……いや、借りよう、かたじけない」

おはるは上目で冬吾を見ると、それを去って行くおちよの背中に向けた。

「大店のお嬢さん、ですよね」

「うむ、まあ」

頷く冬吾から離れると、おはるは地面を蹴って歩き出した。

その揺れる肩に、冬吾は言葉を投げる。

「助佐殿によろしく伝えてくれ」

おはるは前を向いたまま頷き、足音を立てて駆け出した。

雀堂を閉めてから、冬吾は音川に向かった。

路地にはいつものように竹松がいたが、そちらには近づかず、そっと物陰から覗き込んだ。

家のほうの裏口が開いて、男が出てくる。息子だ。

冬吾は派手な羽織の背を見つめながら、そっと後を尾けた。おちよさんは音次郎、と名を呼んでいたな……。

音次郎は浮かれた足取りで、永代橋を渡って行く。

深川の町に入ると、一軒の茶屋に入った。

「まあまあ、若旦那、お待ちしてましたよ」

中から声が聞こえてくる。

冬吾は歩きながら、看板を見上げた。扇屋《おうぎや》か……。

ゆっくりと歩いていた冬吾は、はっと、目を見開いた。

前から二人の男がやって来る。

一人はごつい顔に厳《いか》つい肩を揺らしている。横に並んだ男の右頬には刃物で切られたような傷がある。

例の二人か……。冬吾は唾を飲み込み、すれ違いざまに、横目を向けた。

男らは声高に話しながら歩いて行く。ごつい顔の男は声も野太く、頬傷の男は声が高い。

冬吾は数歩進んで、ゆっくりと振り向いた。

二人は扇屋に入って行った。

冬吾は戻って、扇屋の灯りの点いた二階を見上げた。

「若旦那、お待たせしやした」

高い声が聞こえてきた。

頰傷の男だ、と冬吾は息を呑む。

「いやあ、こいつがぐずぐずしたもんで」

野太い声だ。

あの二人は音次郎と会っているのだな……。冬吾は確信した。

と、店の前に賑やかな一行がやって来た。

芸者と遊女、幇間《ほうかん》らがどやどやと入って行く。

やがて、二階の窓から三味線の音と歌声が聞こえてきた。

このまま朝まで、ということか……。冬吾はそう独りごちると、踵を返して歩き出す。渡って来た永代橋へと戻って行った。


翌日。

昼に子供達を送り出すと、入れ替わりに荷物を背負った男がやって来た。

「あ、冬吾様、ここでしたか」

おう、と冬吾は笑顔になる。

「喜八《きはち》ではないか、よくわかったな」

「へい、お屋敷をお訪ねしたら、旦那様にこちらを教えられたんでさ」

「そうか、さ、上がってくれ」

冬吾の招きに、へい、と喜八は上がり込んだ。

荷物を下ろすと、風呂敷を解き、引き出しがたくさん着いた小型の箪笥《たんす》を出した。

それをしながら冬吾の顔を覗き込み、

「いかがです、眼鏡の具合は」

と、笑顔で小首をかしげた。

「うむ」と冬吾は眼鏡を外す。

「障りはない、だが、紐は変えてもらおう」

差し出すと、へい、と喜八は眼鏡を受け取った。

眼鏡は戦国の世には日本に到来しており、徳川家康も使っていた。その後、国内でも作られるようになって、江戸では店売りや出商いで売られるようになっていた。

「玉も磨いておきましょう」

喜八は手を動かす。

冬吾はその横顔を見つめる。喜八とは長いつきあいだ。

七年前。

父の紀三郎が冬吾を部屋に呼んだ。そこにいたのが喜八だった。

〈眼鏡屋だ〉

父の言葉に喜八が頭を下げた。

〈若様はおいくつで〉

その問いに父が〈十四だ〉と答えた。

冬吾は表向き、兄よりも一歳下、ということにされていた。その年十五になった兄は、すでに元服をすませていた。

〈それなら〉と喜八は頷いた。

〈これからもっと大きくおなりでしょうから、大きめの眼鏡でもじきにお顔に合うようになります。まずは、玉の厚さを決めましょう〉

喜八は三つの眼鏡を並べると、真ん中の物を冬吾に差し出した。

〈これをおかけになってみてください〉

冬吾は紐を耳にかけて、顔を上げた。

〈あ、よく見える〉

はい、と喜八はもう少し玉の厚いほう差し出した。

〈こちらはいかがでしょう〉

ふむ、とかけた冬吾は眉を寄せた。

〈これは頭がふらつく〉

〈強すぎですね、では、一番薄い物を〉

冬吾は三つ目をかけて、辺りを見回した。

〈ああ、これが一番よい〉

〈さいですか〉喜八は父を見た。

〈さほど強い近目《ちかめ》ではありません。一番薄い眼鏡がよろしいかと〉

〈ほう、そうか〉父は息子を見た。

〈本ばかり読んでいるから、もっと悪くなっているかと思うたが、安心した〉

喜八は引き出しから次々に眼鏡を取り出し、並べ始めた。

〈薄い玉の物です。これは枠が木でできています。で、この茶色の物は鼈甲《べっこう》、この黒い物は水牛の角です。唐物《からもの》でございますよ〉

外国《とつくに》から入って来た物は唐物と呼ばれる。
〈で、玉はこちらがギヤマン、こちらは水晶です〉
硝子《ガラス》であるギヤマンは、国内でも扱われるようになっていた。
ふむ、と父は黒枠の眼鏡を手に取った。
〈どうせなら良い物にしよう、水牛の角に水晶か、これをかけてみなさい〉
はい、と冬吾は眼鏡をかけた。庭に目を向けて、
〈よく見えます〉
と、微笑んだ。
〈よし、なればこれをもらおう〉
父は笑顔で頷いた。
喜八はほくほくとして帰って行った。
眼鏡をかけた冬吾を、父は祖母徳の部屋へと連れて行った。
〈母上、ご覧ください〉
徳は振り返って、目を見開いた。
〈まあ、それは……〉
〈眼鏡です、冬吾は近目になったので誂《あつら》えたのです。これで紀一郎とは違う顔に見

えるでしょう〉

向かいに座った冬吾の顔をまじまじと見て、祖母は小さく頷いた。

〈そうね〉

〈ですから〉父は胸を張った。

〈これからは冬吾も剣術道場に通わせます〉

え、と冬吾は父を見た。父は横目で頷く。

紀一郎はすでに十四の歳から道場に通っていた。が、冬吾は屋敷から出ることを許されず、剣術は父から指南を受けるだけだった。

〈眼鏡をかけていれば、外を歩いても紀一郎と同じ顔だとはわかりません。紀一郎とは別の道場に行かせますし〉

祖母は微かに顔を歪ませながらも、頷いた。

〈わかりました、冬吾も外に出てよろしい〉

〈真ですか〉

思わず声が出た孫から、徳は顔を背けた。その目だけを動かして、父を見た。

〈よい考えです。褒《ほ》めて進ぜましょう〉

はい、と父は神妙な顔で頷いた。眼は笑っており、それを冬吾に向けると、片目を細めた。冬吾も目顔で頷いた。

その時のことは、明るい色で思い出す。

思い起こした冬吾は、目元を弛《ゆる》ませながら、喜八の手元を見た。

紐は新しく付け替えられ、水晶の玉も磨かれて澄んでいる。

「はい、できましたよ」

差し出された眼鏡を受け取り、冬吾はそれをかけた。

「おう、よいつけ心地だ」

冬吾が笑顔になると、喜八もにこりと笑った。

「ようござんした」

長年交わしてきた笑顔で、二人は頷き合った。

三

西日の差す永代橋を、冬吾は渡った。

深川の町を歩きながら、冬吾は、ごつい顔、頬傷、と喉でつぶやきながら、目を四方に配っていた。

道の先に見えて来た扇屋の辺りには、とくに目を凝らした。二人が音次郎と会っていた茶屋だ。

冬吾は目を動かす。清三を襲ったのも深川、音次郎と会っていたのも深川、となればあの二人はこの辺りを根城《ねじろ》にしているに違いない……。

考えを巡らせながら、永代寺の参道に入った。

左右に出店が並び、大勢の参拝客が行き交っている。

寺の横には広い庭があり、池の畔では憩う人々もいた。

池の周りをひと巡りして、参道に戻ろうと進んだ冬吾は、はっと息を呑んだ。向かいからやって来る数人の男達に目が釘付けになる。ごつい顔の男と頬傷の男がその中にいたのだ。

すれ違いながら、冬吾は目で男達を追い、ゆっくりと足を止めた。

踵を返して、後を追う。

男達は立ち止まった。

中の一人がごつい顔の男に言う。

「なんでえ、虎七《とらしち》はけえるのか」

「おう、ゆんべ飲み過ぎちまったから、おれぁ、湯屋に行って寝るとするわ。留吉《とめきち》はどうするよ」

やはり、と冬吾は唾を飲んだ。扇屋の下で聞いた太い声と同じだ。

虎七に問いかけられた頰傷の男は答える。

「おれぁ、もちっと遊んでいくわ」

その声も、あのときに聞いたのと同じ高い声だ。冬吾は拳を握った。

虎七は仲間と顔を見合わせ、

「じゃあな」

と、歩き出した。

おう、と男達は背中を向けた。

冬吾は虎七の後ろに、間合いをとってついた。

寺の境内を抜け、北へと向かう。大川の上流に位置する北側には、本所の町がある。本所で橋を渡れば対岸は両国《りょうごく》だ。

冬吾は、虎七の厳つい肩を見つめた。歩みにつれて、肩は左右に揺れる。と、虎七が振り向いた。

冬吾は目を逸らし、横を向いた。

虎七は顔を戻して足を進めるが、冬吾は足運びを緩めた。

道は寺町に入っていく。清三の眠る寺もある場所だ。

虎七が辻を曲がった。

と、横目がこちらを見た。

気づかれたか、と、冬吾はさらに足を緩める。しかし、住まいを突き止めねば……。そう思うと、虎七の後を追って辻を曲がった。

しまった、と冬吾は佇んだ。

虎七の姿がない。

左右には寺の長い塀が続き、所々に山門が戸を開けている。

見失ったか……。冬吾は再び足を踏み出した。

駆け出そうとしたそのとき、山門から人影が飛び出した。虎七だ。

ふん、と鼻を鳴らすと、虎七は肩を左右に揺らした。

「なんでい、旦那、尾けて来たのかい」

右手は懐に入れている。

冬吾はちらりと目を向けた。懐に匕首《あいくち》を呑んでいるのかもしれない……。そう思うと、思わず右手が刀の柄《つか》に伸びた。

「ほう、やるってのか」

虎七が懐から手を抜く。と、そこには思ったとおり、匕首が握られていた。

冬吾も鯉口《こいぐち》を切った。

虎七は手にした匕首を回し、刃を光らせる。

「なんだって、おれを尾けるんだ」

ずい、と虎七が足を踏み出す。

冬吾も刀を抜いた。

両手で構え、虎七に向き合った。

冬吾は息を吸い込んだ。柄を握る両手に、汗が滲んでくる。剣術道場には通ったが、真剣で立ち合いをしたことなどない。

くっ、と虎七が笑いを漏らす。

「旦那、腰が引けてるぜ」

刃を揺らしながら、また足をずいと踏み出した。

「そんな眼鏡をしてるようじゃ、腕のほうはからきしだろうが」

虎七は、勢いよく地面を蹴った。

刃を振りかざして、突っ込んで来る。

冬吾は刀を斜めにして、下りてくる刃を止めた。

が、虎七はすぐに後ろに飛んだ。体勢を立て直すと、再び刃を振り上げた。

冬吾も構え直す。が、その隙に、虎七の刃が宙を切った。

躱《かわ》そうとした冬吾の二の腕に、刃先が掠った。

へん、と虎七が歪めた口で笑う。

「やっぱり、二本差しは飾りか。ま、今時の侍なんてそんなもんだがな」

冬吾は左腕に熱さを感じて、目を向けた。袖が切れ、肌からは血が滲んでいる。

虎七は笑いながら、地面を踏みしめる。が、その顔を横に向けた。

寺の山門から、僧侶が出て来たためだ。

「なにをしておるか」僧侶は二人を睨みつける。

「神聖な御門の前であるぞ」

ちっ、と虎七は舌を打つと、匕首をしまった。冬吾に背を向けると、地面を蹴って、そのまま走り出した。

冬吾も刀を収めると、僧侶に頭を下げた。

「お騒がせいたしました」

ふむ、と僧侶は睨む。

「寺の門前で狼藉はなりませんぞ」

「はい、ご無礼を……」

冬吾は後ろに下がってから、背を向けた。

元の道に戻りながら、腕を押さえる。血はさほどではないが、じんじんとした痛みが広がっていた。


「ただいま戻りました」

屋敷に上がるとすぐに母の吉乃が出て来た。

「まあ、おかえりなさい。よかった、今晩はよい鰹《かつお》があるのですよ、好きでしょう」

「はい」

と、笑顔を向ける冬吾の袖を、母が引く。

「お茶を淹《い》れましょう、いらっしゃい」

「いえ、お茶はあとでいただきます。少し、用事があるので」

母に頭を下げると、冬吾は長い廊下を進んだ。部屋に入ると、それを見届けた母も自室へと去って行った。

それを確かめて、冬吾はまた廊下に出る。その足でこっそりと台所へと行った。

「勘助」

声をかけると、竈《かまど》に向かっていた勘助が振り向いた。

「おや、おかえりなさいまし。今日は鰹がありますよ」

「うむ、母上に聞いた。運がよいな」

いや、と勘助は前垂れで手を拭きながら、板間にやって来る。

「奥様はいつ冬吾様がお戻りになってもいいように、お菜はよい物を揃えておきなさい、とおっしゃってるんですよ」

「む、そうなのか。しかし、わたしが来なければ無駄になろう」

「いえ、そこはそこ、ちゃんと朝の御膳に使いますんで……あ、けどこれは内緒ですよ。大奥様が知ったら無駄なことを、とお叱りになりますからね」

勘助はにやりと笑って、口に指を立てた。

冬吾は苦笑して頷くと、廊下を振り返った。誰もいないのを確かめると、冬吾は左の袖をまくり上げた。

「すまないが勘助、この晒《さらし》を巻き直してくれないか」

斬られた傷の上に巻いた晒を見せる。

「薬を塗って巻いたのだが、片手だとどうにも上手くできないのだ」

はいな、と勘助は晒を解いていく。傷が現れると、

「おやまあ」と顔を反らした。

「こりゃ、刃物の傷ですね、短刀か匕首ですか」

「うむ、匕首だ、よくわかるな」

「そりゃまあ……お侍の刀だと、重さがありますからね、もっと深く大きな傷になるんですよ。けど、なんだってこんな」

勘助は冬吾の顔を見た。

冬吾は苦笑して、片目を歪める。

「まあ、いろいろあってな……あ、このことは口外無用だぞ、家の皆には知られたくないのだ」

勘助はまた口に指を立てて頷く。

「合点です。奥様に知られたら、大騒ぎになりますからね」

勘助は傷に顔を近づけて、くん、と匂いを嗅いだ。

「こりゃ薬屋で買ったやつですね。もっといい物がありますよ」

勘助は横の棚から小さな壺を取り出した。

「台所は切り傷火傷はしょっちゅうですからね、奥様にいい薬を買ってもらってるんです」

冬吾の傷口を布で拭くと、勘助は壺の薬を指で塗った。

「刃物の傷は油断すると膿《う》みますからね、しっかりと手当てをしなけりゃだめですよ。膿むと毒が体中に回って、下手すりゃ命にも関わりますからね」

「なに、これはかすり傷だ」

笑う冬吾に勘助は首を振る。

「いんや、かすり傷でも暑い時季は舐《な》めちゃいけねえんです」

言いながら、勘助は晒を巻いていく。きつくもなく緩くもなく、晒は上手に巻かれた。

「さ、これでいい。いいですかい、無闇に動かしちゃいけませんぜ。傷がくっつきにくくなりますからね。んで、いつでも来てくださいよ、晒を巻き直しますから」

「うむ、助かった」

冬吾は袖を下ろして腕をさすった。

勘助と目を交わすと、頷き合って立ち上がった。

自分の部屋に戻ると、冬吾は棚から小さな木箱を下ろした。

座って蓋を開けると、中に手を入れた。取り出したのは鋼《はがね》の棒だ。手に収まる長さで、片方の先が鋭く尖っている。棒手裏剣《ぼうしゅりけん》だ。

それを目の前に掲げて、よし、と冬吾はつぶやいた。錆びていないな……。

手に持って、それを投げる素振りをする。

冬吾の頭の中で、道場にあった的《まと》が思い出されていた。藁《わら》で作った的に向かって棒手裏剣を投げると、ぐさっと音が鳴るのが常だった。的は庭にあり、道場は広かった。

通った道場では、多くの武術が教えられていた。柔術《じゅうじゅつ》、槍術《そうじゅつ》、鎖鎌《くさりがま》、そして手裏剣があった。武術にはさまざまな流派があり、教える術にも違いがある。その流派のすべての術を習い、師範から免許を授けられれば、免許皆伝となるのだ。

冬吾は、棒手裏剣を見つめて、ふっと苦笑した。結局、人よりも抜きん出たのはこれだけだったな……。免許皆伝にはならなかった。

冬吾は尖った先を揺らした。

手裏剣にはさまざまな形がある。平べったい物には、星形や菱形などもある。だが、武術で使われる基本の形は棒手裏剣だ。

苦笑のまま、箱の中から棒手裏剣を次々に取り出し、畳の上に並べる。

そこに足音が近づいて来た。聞き慣れた兄のものだ。

「おう、冬吾、戻っていたか」紀一郎が入って来る。

「ふむ、棒手裏剣だな」

胡座をかいて覗き込む紀一郎に、冬吾が頷く。

「ええ、雀堂に持っていこうと思って」

「そうか、わたしは習ったことはないが、これは打撃を加えることはできるのか。宮本武蔵《みやもとむさし》もこれを得意としていた、と聞いたことはあるが」

「ええ、得意とする武士は多いのです。一撃でとどめを刺すのは難しいですが、動きを封じるのには有効です。離れた所から打つこともできますし……あ、いや、それよりも兄上、報告があるのです。清三を襲った二人組を見つけました。名もわかりました」

「なんと、真か」

「はい、ごつい顔が虎七、頬傷の男は留吉です。ただ住まいは、突き止められませんでした。虎七を追ったのですが、途中でまかれてしまって……深川から本所の方面に行ったのは確かです」

「いや、名がわかればすぐに調べもつこう。して、どこで見つけたのだ」

「永代寺に行ったところ……」

冬吾は、斬られたことは伏せて話す。

「そうか、わたしも行ってみよう。いや、お手柄だ、冬吾」

兄は手を伸ばして、冬吾の左腕を叩いた。

傷口の真上で、声を上げそうになるが、冬吾はそれを呑み込んだ。呑み込んだまま、片頰で笑ってみせる。

紀一郎はそれに気づかずに、顎を撫でた。

「これは片桐《かたぎり》殿に報告せねばな。そなたのことも伝えておくぞ」

「片桐殿……」

小首をかしげる弟に、兄は頷く。

「覚えておらぬか、以前、家にもいくどか見えたことが……」

言いかけて紀一郎は、はっと口を噤んだ。冬吾は客に対面することがなかった。外へ出ることを禁じられたのと同様、来客の前に出ることも禁じられていたのだ。

紀一郎の耳に、祖母が言った言葉が甦った。

〈同じ顔をしているのを、人に見られてはなりません。草加家の当主となる者が、よからぬ生まれであったなどと、知られてはならぬのです〉

冬吾が客へ挨拶することを許されたのは、眼鏡を着けるようになってからだった。

紀一郎が気まずさで顔を伏せると、冬吾は笑みを見せた。

「ああ、同じ与力の……はい、いただいた菓子を食べたのを覚えてます」

「うむ、そうだ」紀一郎はほっとして顔を上げる。

「よく饅頭《まんじゅう》をいただいたな。その片桐殿が、今は吟味役に就いておいでなのだ。父上が退かれたあとを継いでな」

「へえ、そうですか」

「うむ、先日耳打ちされたのだが、片桐殿は父上を慕っておられたそうだ。よき教えを受けた、と。ゆえにわたしを気にかけて、いろいろと教えてくださるのだ。わたしのほうもこたびの騒動、随時、報告をして、お考えなどを伺っているのだ」

「へえ、それは恵まれましたね」

「うむ、父上のおかげだ、ありがたい」

紀一郎は、父のいる奥の部屋へと目を向けた。

「わたしもいつか必ず、吟味役に就いてみせるぞ」

吟味役は町方与力の花形だ。

冬吾は頷いた。

「兄上なら、間違いないでしょう」

おう、と拳を上げた兄は、お、と廊下に顔を向けた。足音が近づいて来る。

「母上だ」

言葉通り、吉乃が顔を見せた。

「まあ、紀一郎、着替えもせずに……夕餉の膳が整いましたよ。冬吾、鰹も出てますからね」

はい、と兄弟は共に立ち上がった。

四

子供達が帰って静かになった雀堂の窓から、冬吾は外を眺めた。空は茜色に染まり始めている。もう戻った頃だろうか……。そう思いつつ、冬吾は風呂敷包みを手に、外へと出た。

裏の道へと入って、貸本の札が下がる戸口に立った。

「ごめん」

声を投げかけるとすぐに戸が開き、おふじが姿を見せた。

「あら、お師匠さま、どうぞ中へ、うちの人もちょうど戻ったところです」

「それはよかった、邪魔をします」

家に上がりながら、冬吾は顔を巡らせる。と、おふじがその意を察して、外を指さした。

「おはるは英吉を連れて、お使いに行ってくれてるんです」

「おう、そうでしたか。おはるちゃんは手伝いをよくしているとみえる」

「ええ、あたしが寝込むことが多いんで、助かってます」

二人のやりとりに、次の部屋から助佐が出て来た。

「お師匠さまでしたか。ささ、どうぞ、こちらに」

冬吾は向かい合って座ると、風呂敷包みを解いた。

「本を返しに来たのです。わざわざこの黄表紙も届けていただき、恐縮です」

「ああ、これは」前に置かれた本を手に取って、助佐は小さく笑う。

「おはるのやつ、伊達政宗のことを書いた本はほかにもないか、と一所懸命に探し出して……」

え、と冬吾は本を見つめた。そうだったのか……。

「それは、かたじけないことでした。いや、実は……見込みが違ったのです。兄弟の怨みではなかったようで」

「ほう、そうでしたか」

「はい、どうも別のわけがあるようなのです。その仔細はまだわからぬのですが」

そこにおふじが盆を手にやって来た。

「粗茶ですが」

湯飲み茶碗を置いていく。

「ふうむ」助佐は腕を組んだ。

「怨みでないとすれば、欲、ですな」

「欲」

顔を上げる冬吾に、助佐は深く頷く。

「さようです。人が罪を犯すのは、怨みか欲、そのどちらかに突き動かされてのことです」

助佐は身体をひねると、箱の中から一冊の黄表紙を取り出した。

「これはちょうど今日、返してもらった本です。白子屋《しらこや》という大きな材木問屋で、享保《きょうほう》の頃に本当にあった騒動なのです。娘と母親が金目当てにとった婿を殺しましてな、それが露見して、お縄になった。娘は市中引き回しの上、獄門《ごくもん》です」

「獄門、とは」

冬吾は唾を飲んだ。斬られた首を晒されるもっとも重い罪だ。

「はい」助佐は頷く。

「娘は手代と通じていたので、手代も獄門になりました。この騒動が元で、手代と主の妻や娘との密通が、より重い刑になったと言われておりますよ。それ以前はもう一等、軽かったそうです」

「そうだったのか」

冬吾は腕を組んだ。兄から聞いた密通の罰が思い出される。手代への締め付けがこれで厳しくなった、ということか……。

「この話」助佐が本を差し出す。

「江戸中に知れ渡って評判となり、歌舞伎《かぶき》や浄瑠璃《じょうるり》にもなったそうで、本もたくさん出たんです。まあ、より面白くするため、話には色をつけたようですが、娘が最期、引き回しの際に、着飾って数珠を首から提げ、凜《りん》として臨んだのは本当のことだそうで」

「ほう、そうなのですか」

ええ、と助佐が頷く。

「まあ、本をお読みください。人の欲の恐ろしさがようく書かれています」

「よいのですか、持ち帰っても」

「はい、この話は何冊も本になってますんで」

「では、お借りします」

冬吾は本を風呂敷に包むと、すっかり冷めてしまった茶を飲んだ。

「ごちそうさまでした」

と、立ち上がると、おふじがやって来た。

「まあ、今、お替わりを」

「いえ、これにて失礼します」

おふじと助佐に見送られて、冬吾は来た道を歩き出した。

＊

その頃、北町奉行所。

与力の詰め所で、紀一郎は吟味役の片桐と向かい合っていた。

紀一郎が冬吾の突き止めたことを話すと、

「ほう、名がわかったか」片桐が身を乗り出した。

「弟は冬吾という名であったな。手習い所を始めたと聞いたが、そうか、町に溶け込んで探索の手伝いをするためだったのだな。さすが、草加殿、そなたのお父上はやはりお考えが深い」

あ、いや、と紀一郎は首を振りそうになる。冬吾の手習い所は父の考えではなく、と喉元まで言葉が上がった。が、それを呑み込む。父にとっても冬吾にとっても、そういうことにしておいたほうがよさそうだ、と己に頷いた。頷きつつ、その口を開いた。

「ですが、まだその二人が真に清三を襲った者かどうか、証立《あかしだ》てはできていないので、この先、わたしも探索に当たろうと思うているのです」

「ふむ、そうさな。厳つい顔や頬傷の男は深川なら珍しくない。さらなる調べがいるな」

「はい、冬吾は永代寺で見た、と言っていたので、行ってみます」

「そうか、なれば、町人の姿になったほうがよい。町方役人とわかる姿で行けば、後ろ暗い者は、すぐさま気づいて逃げてしまうからな」

「なるほど」

紀一郎は己の黒羽織を見た。黒羽織は町人や武士も普通に着るが、町中では町方役人である、とすぐにわかりやすい。

紀一郎は頭にも手を当てた。

町与力や町同心は、普通の武士とは違う結髪《けっぱつ》をしている。月代《さかやき》の額は生え際を残さずに広く剃り、髷《まげ》は短くして毛先を広げる。後ろ側の髱《たぼ》は、武士はきっちりとひっつめて結うが、町方役人は町人のように緩やかに後ろに出す。武士と町人の間のような結い方で、こうしておけばすぐに町人に姿を変えることができるし、町人にも馴染みやすいという利点があった。

「着物を変えれば大丈夫ですね。明日、姿を変えて深川に行ってみます」

「うむ、そなたのお父上からもよく言われたものだ。とにかく町を歩け、町人と話をしろ、それが正しい吟味に繋がるのだ、とな」

にっと笑う片桐の顔からは、そなたも吟味役を目指しているのだろう、と読み取れた。紀一郎は、はっ、と背筋を伸ばす。

「そういえば」片桐は真顔に戻った。

「清三の兄とやらは見つかったのか」

「いいえ、兄の辰次は倉多が探索を続けているのですが、まだ行方をくらませたままだそうです」

「ふむ、倉多にしては手間取っているな」

「倉多は、仕事が早いのですか」

「ああ、早い。まあ、ちと慎重さに欠ける嫌いがあるゆえ、そこはこちらがじっくりと判断せねばならぬがな」

「はあ、なるほど。そういえば、辰次が怪しいと言って、そのあとはわたしの考えを問うことなど、一度もありません」

　ふむ、と片桐は苦笑した。

「そういうところがある。倉多は二代目ゆえ、手柄を立てることに必死なのだ」

「二代目、なのですか」

「ああ、父親が御家人株を買って、同心となったのだ。豪商の息子でな、どうしても武士になりたかったらしい。しかし、さほど、手柄を立てることはできなかったという話だ。それを継いだ倉多七三郎が、挽回して、子にも継がせたいと思っているようだ」

　町奉行所の役人は、普通の御家人や旗本とは違い、一代抱え席という立場だ。一代ごとに雇われ、世襲はしない、という形式だ。しかし、実際には世襲が行われており、不始末などをしてお役御免にならなければ、息子が跡を継いでいく。

「そういうことでしたか」紀一郎は合点して頷いた。

「ほかの同心に較べ、お役目に熱心だとは思っていたのです」

江戸も後期になると、裕福な町人が御家人株を買って武士になる、というのは珍しいことではなくなっていた。少ない禄で困窮する御家人が、いっそ町人になろう、と手放してしまうのだ。

「まあ」片桐は声を落とした。

「倉多はその負けじの根性から、若い新米を軽んずるところがあるゆえ、舐められないように気張ることだ」

「はい」

紀一郎は頷いた。舐められるまい、と息を吸い込んだ。

＊

翌日。

子供らの帰った雀堂の窓辺で、冬吾は本を広げていた。昨日、助佐から借りた黄表紙だ。

冬吾はじっくりと読み込んだ本を閉じ、また最初から開いた。今度は挿絵を見ながら、ざっと目を通していく。

時は享保十一年――。

材木問屋白子屋の娘お熊《くま》はたいそうな美貌が評判で、母のお常《つね》とともに贅沢が好きだった。その贅沢のせいで家の財は減っていき、困窮していた。そこで、母のお常が考えついたのが、金持ちの家の息子を婿にすることだった。

そこで多額の持参金とともに、又四郎《またしろう》が婿入った。が、お熊はどうしても又四郎が好きになれない。なぜなら、お熊は以前から、手代の忠八《ちゅうはち》と情を交わしていたからだった。古株の下女、おひさが手引きをしての密通だった。そのことは母も知っていたのに、金のためにと、娘を言いくるめていたのだ。

お熊が又四郎を嫌う気持ちは、強まる一方だった。離縁したいとまで思うが、そうなれば多額の持参金は返さなければならない。

お熊は母とおひさ、忠八と相談する。

ならば、いっそ殺してしまえ。四人の考えは一致した。

病で死んだとなれば、しかたのないこと。持参金も返さなくてすむ。しかし、又四郎に病はない。では、どうする、毒を盛ればいい。

毒は出入りの按摩《あんま》、横山玄柳《よこやまげんりゅう》を欺して持ってこさせた。あとは、膳の料理に混ぜればいい。

料理を作る奉公人を欺して、毒を混ぜさせるところまでは上手く運んだ。が、口にした又四郎はなにやらおかしな味に、全部は食べなかった。それでも、具合が悪くなり寝込んだ又四郎は、料理を作った奉公人を問い質す。奉公人は、欺されて毒を入れさせられたことに気づき、又四郎にそれを告げた。

そこで又四郎は用心をするようになる。命を狙われている、と察したのだ。

一方、毒殺に失敗したお熊らは、別の手を考えた。

次なる案は、心中に見せかけて殺せばいい、というものだった。

さて、目を付けたのは若い下女、おきく。

いいかい、若旦那様が寝ているときに、この剃刀をそっと首に当てるんだよ、当てるだけでいい、とおひさは命じる。なんでそんなことを、とおきくは怯えるが、いいからやれ、ときつく言われる。

お熊ら四人の思惑はまとまっていた。

その場に踏み込んで、おきくと又四郎を刺し殺し、心中の場を作ってしまえばよいのだ。

おきくはしかたなく、夜半、又四郎の部屋に忍び込んだ。

又四郎は気づいた。

毒を盛られて以来、気を張っていたため、寝たふりをしていたのだ。

おきくがおそるおそる刃物を首に当てる。

そのとき、又四郎は飛び起き、おきくの手をつかんだ。

おきくは恐れおののいた。

心中の見せかけは失敗に終わった。

又四郎は実の父にこれを告げ、町奉行所に訴え出ることにした。なにしろ、二度も殺されかけたのだ。

町奉行所はこれを重く見て、白子屋の皆を呼び出す。

おきくは命じられたことを白状し、四人の魂胆が明らかになった。

お裁きをしたのは時の南町奉行、大岡忠相《おおおかただすけ》。

科を犯したそれぞれに、厳しいお沙汰が下された。

お熊は市中引き回しの上獄門。

密通の相手であった手代忠八も同じく市中引き回しの上、獄門。

二人の手引きをしていたおひさは引き回しの上、死罪。

主に手をかけたおきくは死罪。

母のお常は遠島。

一家の主の庄三郎《しょうざぶろう》は、家の者らの悪事に気づかずにいたこと不届き、として江戸払い。

欺されたとはいえ、毒薬を渡した按摩も江戸払い。

それぞれ、罰を受け容れたが、お熊はその態度が評判を呼んだ。

刑を執行されたその日。真っ白な襦袢の上に高価な黄八丈《きはちじょう》の小袖を纏《まと》い、首からさげたのは水晶の数珠。馬の上で堂々と顔を上げ、刑場へと向かって行く。

たちまちに噂は広まり、見物人が集まり、その評判は語り継がれることになったのであった——。

本から顔を上げ、冬吾は、はぁっ、と大きな息を吐いた。

このようなことをする者がいるのか……。つぶやきながら顔を振る。

〈人の欲の恐ろしさ〉と言った、助佐の声が耳に甦ってきた。

欲、か……大店は財があるからこそ、このようないざこざが起きるのだろうな……。脳裏に音川の立派な造りが浮かんでくる。その画《え》の中に、以前見かけた音次郎の姿も加わった。

息子の音次郎は跡を継ぎたい、しかし、おちよさんと清三が夫婦になれば、そちらが跡を継ぐかもしれない……。冬吾は頭の中で人の顔を並べた。清三の顔は見ていないが、想像で思い描く。

そうはさせじ、と音次郎は考え、邪魔な清三を殺すことにした……。冬吾は眉を寄せた。十分に考えられるな……。

冬吾は窓から空を見上げた。曇天が重く広がっていた。

＊

その頃、深川。

町人姿になった紀一郎は永代寺の参道をゆっくりと歩いていた。いつもの二本差しではなく、脇差し一本の腰が軽く感じる。町の男らがやっているように、着物の前裾をまくり上げ、帯に挟んでぶらぶらと歩いた。と、はっと耳を立てた。

「留吉」

という声が後ろから聞こえたからだ。

紀一郎は横にそれると、ゆっくりとそちらを見た。

数人の男が立ち止まっていた。

紀一郎の目が一人の男に留まる。右頬に傷のある男がいた。

あれか、と紀一郎は息を呑んだ。

その男に別の男が話しかけている。

「じき虎七も来るぜ。もうちっと待ってたらどうだい、留吉も」

虎七、と紀一郎はまた息を呑んだ。冬吾が言っていた名だ……。

「いや」留吉は首を振った。

「今日は行く所があってよ、虎七にはよろしく言っといてくれ」

そう言うと、留吉は踵を返して、歩き出した。

紀一郎はそっとそのあとについた。

参道を抜けて表通りに出ると、留吉は永代橋へと向かった。

間合いをとりながら、紀一郎も追う。

橋を渡った留吉は、右へと曲がった。道は浜町へと続く。

紀一郎はそっと唾を飲み込んだ。浜町、音川か……もしそうなら、音次郎が会っていた二人に違いない、ということだ……。

川辺に建つ音川が見えて来た。

留吉は店の裏に回り込んだ。

やはりそうか……。紀一郎は間合いを広げながら、あとを尾ける。

留吉は店と家のあいだの路地に入って行った。

紀一郎は物陰に身を潜め、そっと窺う。

留吉は店の勝手口に首を突っ込んでいる。と、その首を引いて、路地に佇んだ。

しばしの間を置いて、勝手口から人影が現れた。音次郎だ。

二人は向かい合って、なにやら言葉を交わしている。と、留吉が手を差し出した。

音次郎は懐に手を入れると、なにかを取り出しているように見えた。そして、握った手を留吉に差し出した。留吉はそれを受け取って、手を握りしめた。

金か、と紀一郎は唾を飲み込んだ。

留吉はすぐに背中を見せ、路地を走って行く。

音次郎はその後ろ姿を見送ってから、首を振って勝手口に戻って行った。

紀一郎は早足に路地を抜け、留吉を捜した。

表通りに、その後ろ姿を見つけ、あとを追う。

どこに行くのだ……。紀一郎は背中を見つめながら追う。

留吉は神田《かんだ》を抜け、なおも北へと向かう。道の先には上野《うえの》の山が見えている。と、留吉は方向を変え、辻を左へと曲がって行った。

紀一郎は足を速めてその後を追う。

曲がった先は湯島《ゆしま》だ。

紀一郎は建ち並ぶ茶屋や置屋などに目を向けた。この辺りは岡場所《おかばしょ》と呼ばれる遊《ゆう》里《り》だ。

留吉は一軒の茶屋に入って行った。料理茶屋などと看板を出しているが、それは名ばかりで、遊女を置いている店だ。

女か、とつぶやいて、紀一郎は二階の窓を見上げた。

そこに入り口から声がかかる。

「お兄さん、いい娘がいますよ、ささ、どうぞ」

女将らしい女が手を振る。

紀一郎は踵を返そうとした。が、待てよ、と息を深く吸い込んだ。

顔を上げると、紀一郎は女将に寄って行き、くいと顎をしゃくった。

「今、留吉が上がったろう」

紀一郎は町言葉を口に出す。

「ああ、はい、お連れさんで」

愛想よく揉み手をする女将に、

「いや、そうじゃないんだ。留公には金を貸してるんで追って来たんだ。あいつ、人の金を返しもしねえで、こんな所に来やがって」

紀一郎は怒気《どき》を含めた声を作った。

女将は、おやまあ、と肩をすくめる。

「さいでしたか」

紀一郎は、ふん、と鼻を鳴らして見せた。

「しょうがねえ、明日にでも家に押しかけるさ。あいつの家は本所って言ってたな、女将、聞いてるかい」

本所は、はったりだ。

「はあ、本所の回向院《えこういん》裏って言ってましたかね」

女将はまた肩をすくめ、

「最近は景気がいいって言ってましたからね、すぐに返すはずですよ」

そう言って、にっと笑った。

「おう、そうか」

紀一郎も笑顔を作ると、「そいじゃな」と背中を向けた。

辺りから聞こえてくる笑い声や三味線の音を聞きながら、紀一郎は湯島をあとにした。

第四章　秘密のわけ

一

屋敷の台所に、冬吾は廊下からそっと入った。

「勘助」

竈の前にしゃがんでいた勘助が立ち上がる。

「おや、冬吾様」

寄って来ると、板間へと上がって来た。

「どうです、傷は」

「うむ、痛みは引いた」

冬吾が袖をまくり上げると、勘助は、どれ、と晒を解き始めた。

「ああ、くっついてますね、これならもう心配ありませんや」

言いつつも、棚から薬を取り出し、蓋を開ける。

「けど、もう一回、こいつを塗っておきましょう。刃物の傷は、用心するに越したこたぁない。あたしも昔、油断したら、後になって膿んだことがありやすからね」

指で軟膏を塗る。

動かす腕に刻まれた黒い輪を、冬吾は見た。腕の入れ墨は罪人に科せられる罰だが、これまで聞いたことはなかった。

「それは」指で輪を指す。

「いくつの時のものなのだ」

ん、と勘助は己の腕をちらりと見た。

「はあ、二十歳のときでしたかね。ちょいとへまをして、捕まっちまいましてね、入れ墨入れられて国から追放です」

「追放……勘助は江戸の生まれではないのか」

「ああ、あたしは西のほうの生まれで、追放された後にあっちこっちうろついて、江戸に流れ着いたんですよ」

「そうだったのか」

「ええ、江戸でもちいと悪さをしてたら、旦那様に捕まって、まあ、勘弁してもらったわけです。その代わりにお役目の手伝いをすることになって、ここにも置いてくだすったんですよ」

「なるほど」

冬吾は腑に落ちた。

町方同心は小さな悪さをした者を、手下にすることが多い。悪い者らの繋がりを知っているし、犯罪に関してもわかっている。それゆえ、岡っ引きとして大いに役立つからだ。同じように、町方与力もそうして町人を手下にすることがある。

勘助は晒を巻きながら、にっと笑った。

「あたしは旦那様に拾われて助かったようなもんです。あのまま、悪い仲間とつるんでいたら、今頃、生きちゃいなかったかもしれませんや」

ふうむ、と冬吾は勘助を横目で見た。

「悪事に手を染めた者は、ずっとその道を行くものなのだろうか」

ううん、と勘助は首をひねる。

「そうですねえ、そのまま行っちまうやつも多いですねえ、いったん、その道に入っちまうと、抜け出る口を見つけられなくなっちまうんです。で、最後は牢屋か島流しか、諍《いさか》いで殺されるかって、やつですね。あ、けど、抜けるもんもいますよ。あたしもそうですけど、なんかのきっかけがありゃあ、真っ当な道につながるもんです」

「そうか」

冬吾は口元を弛めた。

「さ、できましたぜ。二、三日したら外して、それでもう大丈夫でしょう」

晒の端をきゅっと縛って、勘助は笑顔になった。

「うむ、かたじけない」

冬吾も笑顔を返すと、立ち上がる。と、そこに足音が近づいて来た。

「冬吾、いるのか」

紀一郎が顔を覗かせた。

はい、と冬吾は勘助に目顔で礼を言って、廊下に出た。

紀一郎は目で奥へと誘う。

「話があるのだ、雀堂に寄ったらいなかったから、急いで帰って来た。父上の部屋に行こう」

廊下を進みながら、紀一郎は目で小さく振り向いた。

「そなたは勘助とよく話しているな」

あ、と冬吾は片目を細める。

「すみません、なんというか、気易いので。ああ見えてもよい男です」

「いや、責めているのではない。父上が長く使ってきたのだから、信用のおける男なのだろう」ふっと、紀一郎は苦笑した。

「仲がよくて羨ましかっただけだ」

顔を上げた紀一郎を、冬吾は、えっと、見た。意外な言葉に、返しようがない。

紀一郎は廊下を曲がると、父の部屋へと足を急がせた。

「父上、よろしいでしょうか」

「おう、入れ」

二人は中へと入る。

「おう、二人揃ったか」

はい、と兄弟は並んで、父と向き合った。

「実は今日……」

紀一郎が早速に口を開き、留吉のことを話す。

「ほう」と父は顎を撫でた。

「なれば、その二人が清三を襲った者、そして、音次郎が二人に命じた、と考えてもよさそうだな」

「はい、わたしも今日、そう思いました」紀一郎は拳を握る。

「二人を捕まえるべきでしょうか」

「いや、まだ二人の住まいは突き止めておらぬであろう。捕まえるのなら、同時でなければならん。どちらか一方を先に捕らえれば、片方は逃げ出すに違いない。まずは住まいを調べることだ」

「はい」

「それに、息子の音次郎のことも、もっと調べたほうがよい。罪を犯した者は、簡単に白状はしない。証立てるものを揃えるのが肝要だ。しらを切ろうとする相手の逃げ道を塞げるようにな」

「では」冬吾が顔を巡らせた。

「わたしももう少し、音川を探ってみます」

「うむ」

頷く父に続いて、紀一郎も弟を見た。

「頼む」

はい、と冬吾は深く頷いた。

雀堂の文机から、冬吾は前に座る松二に手を伸ばした。

「そら、筆はもっとまっすぐに持つとよい」

松二は頷いて、持ち直す。

「うむ、そうだ、墨はつけすぎずにな」

言いながら、後ろに座るおはなを見た。身をひねって戸口を見ている。そこには犬と猫が並んで座っていた。

冬吾は香時計を見る。昼か……。

「ようし、昼休みだ、みんな、家に戻って中食をとっておいで」

はあい、と子らは筆を片付け始める。

「お師匠さま」おはなが袖から紙包みを取り出した。

「煮干しを持って来たの、あげてもいいですか」

犬と猫を指で指す。

「おう、だが、ちょっとお待ち、わたしもご飯があるから、それと混ぜよう」

奥から残りご飯の皿を持って来ると、二人で混ぜる。

子供らが次々に出て行った土間に、アカとトラが入って来た。

「そら」

二つの皿を置くと、二匹はそれぞれに食べ始めた。

「かわいいねえ」

おはながにこにこと見つめる。

「うむ、邪気がないものはよい」

冬吾が微笑むと、おはなが見上げた。

「邪気ってなんですか」

「ふむ、邪《よこしま》な念だ。損得を考えたり、妬んだり、人を貶《おとし》めようとしたりと、まあ、人の持つ黒い心とでも言おうか……だから、それがないのを無邪気というのだ」

ふうん、とおはなは犬猫に顔を戻す。

「かわいいのは無邪気だからなのかぁ」

ふむ、と冬吾も一心に食べるアカとトラを見つめた。

あれ、とおはなが顔を上げた。トラが食べるのをやめて顔を振り向けたからだ。

「ミケが来てる」

トラが振り向いた先に、ミケがいた。

「ああ、いいんだ、トラ」冬吾は言った。

「ミケは家でご飯をもらってるんだから、おまえがお食べ」

おはなが二匹を交互に見る。

「ミケにあげたいのかな」

「ああ」冬吾は笑う。

「トラはミケを好いているんだ」

「へぇぇ、ミケは」

目を丸くするおはなに、冬吾は小声になった。

「どうやら気はないらしい」

「へえっ」

後ろから声が上がった。

英吉が座敷から覗き込んでいた。

「トラは袖にされてるのかぁ、かわいそうになあ」

冬吾は笑いを噴き出した。男女のあいだでは、ふることを袖にする、という。いかにも、貸本屋の息子だな、と冬吾は英吉を見た。

「あ、いや、英吉も中食に戻りなさい」

ううん、と英吉は首を振る。

「今日は姉ちゃんが弁当を持って来るって言ってました」

「ほう、そうか」

あ、と英吉が顔を上げる。

戸口におはるが姿を見せた。

つっと土間に入ってくると、手にした風呂敷包みを座敷に置いた。

「お弁当です」

そう言うと、背中を向けた。

「姉ちゃん、白湯は」

土間を出ながら、背中で言う。

「今日はありません」

そのまま、背中が消えた。

「ああ、よい」冬吾は英吉に微笑む。

「水がある、暑いからちょうどいい」

さっ、と冬吾は立ち上がった。

「おはなも家にお戻り」

アカとトラの皿は空になっていた。

はあい、とおはなが出て行く。

英吉は弁当の包みを手に取ると、肩をすくめた。

「姉ちゃん、この頃、機嫌が悪いんだ」

「ほう、なにかあったのか」

さあ、と英吉は首を振る。

「おっかさんは、年頃の娘ってのはそういうもんだからって……」

ふむ、と冬吾は包みを受け取る。

「そうなのか、まあ、弁当をいただくことにしよう。腹が減った、な」

二人は顔を見合わせて頷き合った。


雀堂を閉めてから、冬吾は浜町へと向かった。

音川の裏手に回り、いつものように路地を覗く。が、竹松の姿はなかった。

店の中か、いや、使いに出てるのかもしれん、と胸の内でつぶやき、そこを離れた。川端を歩きながら、深川にでも行ってみるか、と永代橋へと向かった。

河口の長い橋を渡っていると、人混みのなかから見知った姿が目に飛び込んできた。同心の倉多だ。対岸の深川から早足で橋を渡って来る倉多は、前を見据えて、こちらには気づかない。

橋を渡った後ろ姿を見送っていた冬吾は、顔を戻して、あ、と口を開いた。もしや、辰次が見つかったのか……。

早足になって、対岸へと渡る。確か、辰次は州崎で船漕ぎをしている、と言っていたな……。冬吾は以前聞いた話を思い出しながら、深川の町を進んだ。隣の木場《きば》へと入って行く。

州崎は木場の海側にある岬だ。

海に突き出た岬には弁天堂があり、青い海原が一望できる。海といっても、江戸湾の一番奥であるため、波は穏やかだ。その風光のよさと、近場の便利さで多くの物見客を集めていた。

冬吾は岬へと足を進めた。初めての場所だ。多くの水茶屋が並び、人々が緋毛氈の長床几に座って、にこやかに団子などを食べている。冬吾は目を眇めて、海へと近づいて行った。

青い海原は穏やかに水面を揺らしている。空には白い海鳥が翼を広げて、風に舞っていた。

冬吾の目は岬の横に向いた。小さな浜から小舟が漕ぎ出していた。戻って来る舟もある。岬を眺めて戻って来る、遊覧のための舟らしい。

辰次が舟漕ぎをしているというのはあれか、と冬吾はそちらに近づいて行く。
船着き場には、客らが集まっていた。
冬吾は岸辺の松の木に寄り添い、光景を見つめた。
戻って来た小舟が岸に着いた。
岸の男が「おうい」と声を出した。
「辰次、縄を寄越せ」
辰次、と冬吾は木陰から首を伸ばす。
小舟の若い男が、「へい」と縄を投げた。
あれが辰次か、と冬吾は目を瞠《みは》った。
日に焼けた男が、棹《さお》を差して、舟を操っている。
小舟は縄で浜辺の杭に繋がれ、客が降り始めた。
「気をつけておくんなさい」
辰次は愛想よく、客に言葉をかけている。
冬吾は、なんだ、とつぶやいた。普通の男ではないか……。

＊

その頃、北町奉行所。

与力の詰め所で、紀一郎は倉多と向き合っていた。

「ふむ」紀一郎は眉を寄せる。

「戻って来たということは、辰次には後ろ暗いところはない、ということなのではないか」

「いえ」倉多も眉間を狭めていた。

「ほとぼりが冷めた頃に戻って来るというのは、よくあることです。当人は下総《しもうさ》の成田山《なりたさん》に行っていたと言って、同じ長屋の連中に土産を配ったそうで。そこで清三が殺されたことを聞くと、驚いて兄の所に走って行ったって話ですが、なに、そんな小芝居は悪いやつがよく打つ手です」

ううむ、と紀一郎は首をかしげた。

「しかし、言ったであろう、清三を襲ったと思われる二人組は、音次郎と繋がっていたのだ。辰次がその二人と繋がっていた証はないのだし……」

「いえ」倉多はきっぱりと首を振る。

「悪いやつらは、金さえもらえば誰とでも手を組むもんです。その二人は、音次郎とも辰次とも組んでいたのかもしれません。悪い者には仁義なんてものはありませんからね、四方八方と手を組むなんぞ、よくあることですよ」

ふうむ、と紀一郎は口をへの字に曲げた。

胸を張った倉多には、場数を踏んできたという自信がみなぎっている。

紀一郎は言葉を探すが、その前に倉多が口を開いた。

「しょっぴきましょう」

いや、と紀一郎は倉多を見返した。

「いきなり弟殺しの疑いでお縄にするわけにはいかぬであろう。証もない、それを匂わせる噂さえないのだ」

そう決めつけているのはそなただけだ、という言葉を、紀一郎は呑み込みながら、倉多を見た。同時に、しかし、という思いも湧く。倉多の見込みが間違いだ、と言い切ることもできない。

「一度縄をかけてしまえば、その者の一生に関わる、軽々に判断せぬように」

紀一郎は言ってから小さく苦笑した。

「と、父から教えられたのだ」

町奉行所から罪人と見なされれば、厳しく問い詰められることになる。有罪とするためには、本人の自白が必要とされるためだ。白状をさせるためには、拷問を伴う〈責め問い〉が行われることも珍しくはない。その苦痛で、やってもいない罪を認めてしまう者、さらに拷問で命を落とす者さえいる、と、紀一郎は父から聞かされていた。

「罪が明らかでない者を引っ張るわけにはいかない」

紀一郎が言うと、倉多は憮然として口を曲げた。が、その口で、

「罪……」

とつぶやいていた。

二

翌日。

子供らを見送った冬吾は、再び浜町へと向かった。

音川の路地を覗くと、そこに竹松の姿があった。大きな桶で、茄子と青菜を洗っ

ている。

よう、と冬吾は近寄ってしゃがんだ。

「あ、お師匠さま」竹松は笑顔になる。

「手習い所、いいとこですね。けど、雀堂って珍しい名ですね。あたしの行ってい
た所は孝養堂《こうようどう》でした。だいたい難しい名なのに」

「うむ」と冬吾は笑う。

「わたしは小さい生き物が好きなのだ」

微笑む冬吾に、竹松も笑顔を返す。

「へえ、あたしは生き物よりも旨いものが好きです」

そうか、と冬吾は思わず竹松の頭を撫でた。と、その手を離して、声をひそめた。

「竹松はここで遊び人ふうの二人連れを見たことがあるか」

「遊び人ふう……」竹松は首を斜めにして、それを振った。

「いいえ」

そうか、と冬吾は「では」と続けた。

「竹松は清三さんの兄さん、辰次さんを見たことがあるな。二人の兄さんのうち、
ひょろりとしたのは、辰次さんというのだ」

「ええ」竹松は首をすくめる。

「知ってました、おちよさまがそう呼んでたから。ときどき、来てました」

「ふむ、なにか渡したり、やりとりをしていたことはあるか」

「はい、清さんがお金を渡してましたよ」

「む、金とわかったのか」

「ええ、一朱《いっしゅ》とか二朱とか言ってましたから」

ふうむ、そうか、と冬吾は口を曲げた。辰次はやはり怪しいのだろうか……。

顔を戻すと、冬吾はさらに声を落とした。

「おちよさんは、よくここで清三さんと言葉を交わした、と言っていたのだが」

ああ、と竹松は店と家、両方に目を向けると、そっと頷いた。

その憚《はばか》るようなようすに、冬吾はさらに声を落とした。

「おちよさんと清三さんが思い合っていたのは、知っていたのだな」

また黙って頷く竹松に、冬吾は目を細めた。

「そうか、誰にも言わなかったのだな。竹松は仁義に篤いな」

「だって」そっと口を開く。

「おちよさまも清さんも、いい人だもん」

「ふむ、そうか」

竹松は肩をすくめる。

「だから、人に知られないように、気をつけてたんだ。文を渡すときも、だあれもいない時を待って、こっそりと袖に入れたりして……」

「文……二人は文のやりとりもしていたのか」

「そう、藪入りの前とかには」

藪入り、そうか、と冬吾は胸の内で手を打った。

商家では一月と七月に奉公人に暇を出す。年二回の貴重な休みだ。小僧であれば家に帰って家族に甘え、大人であれば町に遊びに出る。

二人はこっそりとどこかで落ち合っていたのだな……。冬吾は腑に落ちて頷いた。同時に、はっとして竹松を見た。そうか、だからこそ、よけいにおちよさんは二人のことを秘密にしていたのか……。

本で読んだ白子屋の話を思い出していた。娘と手代の手引きをした下女も、密通の手助けをした罪で死罪とされていた。

まだ幼さの残る竹松の顔に、冬吾はそっと唾を飲んだ。

「しかし」冬吾はおちよの話を思い出していた。

「音次郎さんは二人のことに気づいていたという話だが」

うん、と竹松は目顔で頷く。

「若旦那様と手代頭は、二人が話しているのを、こっそりと覗いてたことがあるんです。だから、あたしはおちよさまに気をつけるようにって、言ったんです」

「そうなのか」

冬吾は家と店を見た。どちらにも窓があり、そこからこの路地がよく見えそうだった。

しかし、と冬吾は腹の底で思う。手代頭はよく黙っていたな……。

竹松は茄子を手に取ると、洗い始めた。

「お、すまぬ、すっかり邪魔をしたな」

冬吾は腰を上げた。

竹松から離れると、路地を出た。が、そこで振り向いた。竹松の声が聞こえたからだ。

「行ってらっしゃいまし」

と、立ち上がっている。

声に頷いて、路地を反対側に歩いて行くのは、手代頭の弥助だ。

冬吾は早足で表の道へと回った。

弥助の後ろ姿が見えた。

冬吾は間合いをとって、その後を歩いた。

そうか、と背中を見つめて思う。料理茶屋は昼と夜に客が増える。その合間だから、出かけても障りはないのだろう。

おちよの話が耳に甦った。父親は弥助とおちよを夫婦にしようと考えたらしい。それを思い起こして、む、と冬吾は眉を寄せた。弥助はそれを聞かされていたのだろうか……いや、少なくとも匂わせるようなことは言われていただろう……。

弥助は海のほうへと進んで行く。やがて、道を右に折れた。

道の先に鉄砲洲《てっぽうず》の稲荷社が見えて来た。

弥助はその境内に入って行く。

冬吾は境内の外から、ようすを窺った。

弥助が参道を歩くと、社殿の脇から男が現れた。

えっ、と冬吾は息を呑んだ。

姿を見せたのは虎七だった。

二人は木陰に移り、向かい合っている。手を出し、何やら渡しているようにも見える。

冬吾はそっと懐に手を当てた。虎七と刃を交わして以来、町に出るときには懐に棒手裏剣を忍ばせていた。手でその堅さを確かめると、冬吾は息を吸った。いや、だが気づかれてはいない、と己に言い聞かせる。深い息をしながら、冬吾は遠目に二人を見る。

虎七と弥助はすぐに離れ、背を向けて歩き出した。

冬吾はそっとその場を離れる。

裏道へと入りながら、なんと、とつぶやいて顔を振った。虎七と手代頭が……どういうことだ……。

眉間に皺が寄り、冬吾は、ううむ、と唸りながら歩き続けた。


「ただいま戻りました」

屋敷に上がると、すぐに母の吉乃が出て来た。

「おかえりなさい、ちょうどよかった、こちらに」

と、腕を引く。

部屋に入ると、吉乃はかけてあった着物を手に取り、冬吾の肩にかけた。

「腕を通してごらんなさい、裄丈《ゆきたけ》が合うかどうか……そなたは腕が長いから」

吉乃は着物を広げると、後ろからかけた。

冬吾は来ている着物の上から袖を通す。母は前に回って合わせを重ねた。

「裄丈は大丈夫ね、よかったわ。それによく似合うこと」

母は身を反らせて、微笑んで息子を見た。

冬吾は深緑色の袖を揺らした。

「よい色ですね。兄上と揃いなのですか」

「いいえ」と母は着物の合わせに手をかけたまま首を振る。

「紀一郎のは義母上が選んだので、別ですよ。外の仕立てに出したので、よく見ていないけど」

冬吾は言葉を探しながら、曖昧に頷いた。

母は袷《あわせ》を持ったまま、冬吾を見上げた。

「物は紀一郎の着物に劣りませんからね。そなたも人前に出ているのですから、これからは同じように作りますからね」

はあ、と頷く。

「そなたは……」母が見つめる。

「なにも劣ることはないのですよ。ただ、ほんの少しだけ後に生まれた、というだけのことなのだから。順が違えば、そなたが当主になっていたのですよ」

「はあ」

「まあ、なれど」母は顔を横に向けた。

「それでよかった……そなたが先に生まれていれば、義母上に育てられ、紀一郎のように出世ばかりを望む男《おのこ》になっていたかもしれぬ。そなたのやさしい質《たち》が曲げられず伸びたのは、幸いです」

「はあ……まあ、わたしは部屋住みなので呑気でいられるだけです」

「なれど、ことさらに分け隔てをされてきて……」

母の手が小さく震えるのに、冬吾は気がついた。言われた数々の言葉を思い出しているのだろう。

「すみません」

と、冬吾の口からこぼれ出た。が、すぐに喉を絞めて口を閉じた。わたしなんかが生まれてしまって、と出かかった言葉を、深く呑み込んだ。

「まあ、なにを」母が顔を上げる。

「そなたがすまながることなど、ありません。一人ずつ産むことができなかったわたくしが悪いのです」

いいえ、と冬吾は首を振った。

「悪いことなどありません。ただの命の不思議です」

見上げる母に、冬吾は笑顔を向けた。

「冬吾は」母の手に力がこもった。

「真によい子……」

いや、と苦笑いを浮かべた冬吾が、廊下に顔を向けた。

足音とともに「冬吾」と呼ぶ声が聞こえたからだ。

「兄上が戻ったようです」冬吾は着ていた着物を脱ぐと、母に返した。

「ここです」

そういうと、母に目顔で礼をして、廊下へと出た。

「おう、よかった、話があるのだ」

兄の言葉に冬吾も頷く。

「わたしもです」

二人は父の部屋へと向かった。

並んだ息子が交互に話す。

紀一郎が辰次が戻ったらしいというと、冬吾はそれを受けた。

「わたしは州崎に行って、辰次を見て来ました。悪そうな男ではなく、世を憚るようすもありませんでしたが」

ふうむ、と父は腕を組む。

「だが、見た目で判断をしてはならぬ。人を欺す悪人は、人のよさそうな顔をして、猫なで声で近づいて来るのだ。姿形や振る舞いだけでは、人の腹の底はわからぬものだ」

「なるほど……音川の小僧は、清三が辰次に金を渡していたのを見た、と言っていました」

「ふむ、では倉多の推察通り、金をせびっていたのは確かなのだな」

つぶやく紀一郎の横で、冬吾は身を乗り出した。

「あの、それよりも驚いたことが……音川で手代頭が出て行くのを見たので後を尾けたところ、こっそりと虎七と会っていたのです」

「虎七と」

目を剝く兄に、冬吾は頷く。

「はい、なにかを渡しているようでした」

ふうむ、と父は顔をしかめた。

「息子だけでなく、手代頭とも繫がっていたということか」

「倉多は」紀一郎が眉を寄せる。

「辰次とも繫がっていたのでないか、と言っていました。悪いやつは金になれば誰とでも手を組む、と」

「ふむ、確かにそれもよくあること。しかし、そうなると、糸が絡んでわかりにくくなるな」

眉間を狭めた父に、紀一郎は「あ、ですが」と面持ちを明るくする。

「留吉の居場所は突き止めました。回向院裏の長屋で、周りの者らに訊いたところ、虎七と思われる男が、しばしば訪ねて来ているそうです。虎七も近くに住んでいるようです」

「やはり」冬吾は頷く。

「二人は本所住まいだったのですね」

「ふむ」父は天井を仰いだ。

「さらなる探索が必要だな」

「はい」

と、兄弟は揃って頷いた。

三

子供らが帰り、静かになった雀堂で、冬吾は壁に板を立てかけた。父からもらった板切れに墨で的を描いた物だ。

前に立った冬吾は、棒手裏剣を手に取った。

狙いを定め、それを的へと投げつける。

空を切る音を立てて、棒手裏剣は的に刺さった。

次々に投げ、当てていく。

うむ、と冬吾は己に頷いた。腕は落ちていないな……。

虎七の顔を思い出しながら、そっと左腕に手を当てた。切られた傷はすでに治っている。が、刃を交わしたときのことを思い出すと、唇を噛まずにいられない。

的に刺さった棒手裏剣を抜くと、冬吾はまた、打ち始めた。

何本も中央に刺さると、音が鳴って、板にひびが走った。

おっと、と冬吾は板に寄った。もっと厚い板にしなければ……。つぶやきながら

棒手裏剣を抜いていると、外に足音が鳴った。駆けて来る音とともに、

「冬吾」

と、声を上げて紀一郎が飛び込んで来た。

「兄上……」

驚く冬吾に、紀一郎が土間から手で招く。

「一緒に来い、大川の河口に……」

息を整える紀一郎に、冬吾はすぐに草履を履いた。

「どうしました」

「水死体が上がったと知らせが入った。それが、右頬に傷がある男だというのだ」

「右頬、留吉ですか」

「だから、これから見に行く、そなたも来い」

外に走り出す紀一郎に、はい、と冬吾も続く。

八丁堀の町を駆け抜けて、二人は大川の河口に着いた。

広い河口の先は海で、多くの小舟が行き交っている。

岸辺に、何人もの人が集まっているのが見えた。黒羽織の同心の姿が、その中に見えた。

人の輪をかき分けて、紀一郎と冬吾が前に出る。

着物の前が広げられ、仰向けにされた水死体がそこにあった。その横にしゃがんでいた同心が、

「あ、草加様」

と、立ち上がった。

紀一郎が寄って行く。

「尾崎《おざき》であったか、そなたが見つけたのか」

「いえ、自身番に知らせが入り、ちょうど居合わせたわたしが駆けつけたのです。見つけたのは舟の漁師で、浮かんでいるのを引き上げたそうです」

尾崎は海の沖合を見る。

「潮が上がっているので、一度海に流れた死体が、流されてきたのでしょう。このふやけ具合からして、殺されたのはおそらく昨夜、どこかの川に捨てられたと考えられます。本所か深川の川でしょう、人目の少ない」

尾崎は手にした十手《じって》を川上に向ける。

「なるほど」紀一郎もそちらを見た。

「確かに日本橋《にほんばし》や神田であれば、人目につきやすい。大川など、さらに人が多いし、

舟も多い」

「ええ、よくあることです。海に繋がっている川は多いですからね、それを踏まえて投げ捨てるのです。潮に乗れば、すぐに海に流される」

へえ、と冬吾は尾崎を見た。目尻の皺は場数を踏んできた証のように見える。

冬吾は顔を下に向けると、横たえられた男を覗き込んだ。紀一郎も同じように見つめる。

両肩には入れ墨がある。おそらく背中の一面にもあるのだろう。

尾崎はしゃがみ込んで、水死体の脇腹を指で示した。

「ここに刺された傷があります。斜め前から刺されてます。背後からではない、ということは、相手は見知った者でしょう。ために油断した。が、相手は殺すつもりで近づいた。ご覧ください、この傷……」

尾崎は傷口を指で示す。

紀一郎もしゃがみ、冬吾も腰を折って覗き込んだ。

「ただ刺しただけじゃありません」尾崎は振り向いて、紀一郎を見た。

「傷が横に伸びている。刺した後、ぐっと引いたんです。こうされれば、中の臓腑も切り裂かれて、ひとたまりもない。刺した者は、初めから殺すつもりでやった、ということです」

「なるほど」

紀一郎はつぶやく。

冬吾も胸の内で、へぇ、と尾崎に感心した。

「この顔……」

紀一郎は覗き込んでいた冬吾と顔を見合わせた。

青くふやけた水死体の右頰には、見たことのある傷があった。

「留吉だな」

紀一郎の言葉に冬吾も「はい」と頷く。

「間違いありませんね」

二人のやりとりに、

「ご存じなのですか」

尾崎は驚いて立ち上がった。

「うむ」と紀一郎が頷く。

「回向院裏の長屋に暮らす無宿人の留吉だ」

「そうですか、ならば話が早い」

尾崎は後ろを振り向き、控えていた下役人に声を上げた。

「自身番屋に運ぶぞ、荷車を持って来い」

はい、と男らが駆けて行く。

水死体は身元がわかるまで、上げた場所に置いておくのが決まりだ。顔や入れ墨、傷跡などで身元を知るものが現れるのを待つためだ。すぐに噂が広まり人々が集まるため、だいたいは数日内に身元を知る者が現れ、番屋に運ばれることになる。

すぐにやって来た荷車に留吉は乗せられ、筵《むしろ》がかけられた。

「よし、運べ」

尾崎の号令に、荷車は動き出す。

「わたしも行ってくる」

紀一郎は冬吾にそう言うと、車のあとを歩き出した。

冬吾はそれを見送って、顔を巡らせた。

緩やかな弧を描いた永代橋が、すぐ近くに見える。

冬吾は橋に向かって歩き出した。

深川の町を左に曲がって、冬吾は寺町へと進んだ。

くぐった山門は、清三の眠る朝岳寺だ。

小さな墓石の前に行くと、冬吾はしゃがんで手を合わせた。

清三さん、そなたの命を奪った男の一人が、無残に殺されましたよ……。

口中でつぶやくと、瞑目した。

冬吾の胸の内には、清三の姿が浮かんでいた。冬吾は目を開いて、おかしなものだな、とつぶやく。わたしは会ったことがないのに、今ではすっかり姿を思い浮かべることができる……。おちよや竹松の話を聞いて、いつのまにか清三の姿を思い描くようになっていた。

どうぞ、成仏できますように……。そう祈って、もう一度、低頭する。と、その顔をはっと上げた。

人の気配を感じた為だ。

すぐ横に、男が立っていた。

荷物を背に負った町人の男だ。

「あの……」

男が近づいて来る。

誰だ、と戸惑いつつ、冬吾は立ち上がった。

男は墓石と冬吾を見比べながら、首をかしげた。

「うちの墓をお参りなすってくださったんで」

うちの墓……。冬吾は頭の中を巡らせ、「あっ」と声を上げた。

「清三さんの兄さん、長男の……」

兄から聞いた話を思い出していた。確か、名は……。

「へい、勝太です」

男は前に立つと、頭を下げた。が、その顔を上げると、訝しげに冬吾を見た。

「清三はなにか、お侍さまとご縁があったんでしょうか」

む、と冬吾は声を詰まらせ、咳を払った。こうなればはったりだ……。

「うむ、わたしは音川に行ったことがあって、その際に清三さんと話したのだ。その、いくどか話して、料理のことなどを聞いて……いや、このようなこととなり、お悔やみを申し上げる」

冬吾は小さく頭を下げた。

「あ、いや」勝太は首を振る。

「もったいないことで。けど、そうでしたか、こんな墓にまで来ていただいて、清三も喜んでいるこってしょう」

冬吾は改めて小さな墓石を見た。表には字が刻まれているが、苔もついていて、はっきりと読めない。

「古い墓ですね」

冬吾の言葉に、ああ、と勝太が頷く。

「ひい爺さんが建てたんでさ。うちは代々の漁師で、ひい爺さんは舟を持ってたんで、その名を屋号にしてたんでさ。なもんで、墓石には五丸《ごまる》って刻んであるんでさ。もう読めませんがね」

「ふむ、五丸だったか」冬吾は勝太の姿を見る。

「もう、漁師は続けておらぬようだが」

「へい」と勝太は背中の風呂敷包みを下に下ろした。

「親父が身体を悪くして、ちょうど舟も壊れちまったんで、漁師はやめにしたんでさ。清三も辰次も、あ、辰次ってのは次男なんですがね、二人とも奉公に出されてたんで、あっしも出商いをするようになって、海とは縁がなくなっちまいました」

「そうであったか」

冬吾は横にずれて、勝太に墓前を譲った。

勝太は前に立つと、手を合わせた。

瞑目ののち、顔を上げた勝太の横顔に、冬吾は問いかけた。

「男三人兄弟だと、仲がよいのであろうな」

「いや」と勝太は苦笑を向けた。

「下の二人は藪入りのときにしか会わなかったし、それも十四、五にもなればそれぞれ遊びに行って、うちに戻ってなんざ来ません。あっしもあっちこっち、小間物売りに歩くのが面白くて、兄弟っても、滅多に顔を合わせませんでしたね。まあ、辰次と清三は奉公先が近かったんで、よく会ってたみたいですけど」

「ほう、辰次さんも浜町であったか」

「いや、神田だったんですけど、浜町からすぐ近くの所で。辰次は奉公の年季が明けても、神田にいたもんで」

「なるほど」冬吾は何気なさを装って、話を進める。

「辰次さんもどこかの店に奉公していたということか」

「いいえ、あいつは畳屋にいたんでさ。けど、畳職人は性が合わなかったみてえで、年季が明けたらやめちまって。そっからは、いろいろやってたみたいですけど」

ふうむ、冬吾は墓石を見た。

「清三さんから聞いた話では、なにやら騒ぎを起こして所払いになった、と」

「やっ」勝太は首を振る。

「騒ぎっても、辰次が悪いわけじゃないんでさ。ちいと金を借りて、すぐに返したのに、その相手が、あとになってとんでもねえ利息をふっかけてきたってんですから」

「利息……返したのに、か」

「へい、初めに言われた利息は、ちゃんと乗せて返したのに、あとから言い出したって、いや、もともと評判の悪いやつだったみてえで。辰次は知らずに引っかかっちまったんでさ。そいで諍いになって、殴り合いになって、したら相手は匕首を振り回して、それが弾みで顔に刺さっちまったらしいんです。それで大騒ぎにされて……」

「ふうむ、捕まってしまった、というわけか」

「へい。けど、お役人はちゃんと吟味をしてくだすって、相手も悪いということで、所払いで収まったんでさ。いえ、あの同心がむきにならなけりゃ、そもそもお縄にもならなかったような揉め事なんです」

あの同心とは、倉多殿のことだな、と冬吾は胸中で独りごちて頷いた。

「同心は手柄を立てたがるからな」

「そうなんでさ」勝太は拳を振り上げた。

「あっしはお呼び出しを受けて、事の成り行きを聞かされたんですが、なんだか、すっきりしねえ、このあたりがむずむずする話でしたね」

　勝太は胸のあたりで手を回す。

「そういうことであったか」冬吾は口を尖らせる勝太を見た。

「辰次さんはそんな災難で、神田を離れたのだな。だが、清三さんのほうは年季が明けても店に居続けたのだから、よい奉公先であったのだろうな」

　なにか話を聞いているだろうか、と勝太の顔を窺う。

「いやぁ、どうでしょうね」その顔が傾いた。

「一度、聞いただけですけど、若旦那は放蕩者だし、手代頭は意地が悪いってこぼしてましたね。だから、しばらく包丁の修業をしたらやめるつもりだって」

「ほう……そういえば、清三さんは料理人を目指していたのだったな。腕を磨きたい、と」

　冬吾はおちよの話を思い出していた。いずれ二人で飯屋をやりたいと話していた、というのだから、はったりではあるが外れてはいまい……。

「へい」勝太は頷く。

「あいつは料理が好きになったみてえで、いい奉公先に恵まれた、と思ってたんですけどね。こんなことに……」

墓石を見つめる顔が歪んだ。

冬吾はそっと横目で見た。

「辰次さんは清三さんが殺されたのを知らなかった、と聞いたが」

「ああ……成田山に行ってたそうで、帰ってきてから聞いて、あっしのとこに飛んで来ました」

「ふうむ、辰次さんは弔いに来なかったせいでいろいろ言われたらしいが、清三さんと仲違《なかたが》いをしていたわけではないのだな」

「ええ、そんなこたぁありやせん。この墓に連れて来たら、泣いたり怒ったりしてましたから」

ふうむ、と冬吾は遠目に見た辰次の顔を思い出していた。

「おっと」

勝太が顔を上げ、掌を広げた。そこに、ぽつりと雨の粒が落ちた。

「降って来やがった」

急いで荷物を背負うと、勝太は冬吾に腰を折った。

「荷物を濡らすわけにゃいかないんで、帰ります。失礼しやす」

そう言うと、墓石のあいだを駆け出した。

冬吾も後を追って、山門の下に駆け込んだ。

雨粒はまばらで、雲の切れ間もある。

冬吾は雨宿りを決めて、山門の下から、空を見上げた。


屋敷の長い廊下を進み、冬吾は立ち止まった。

障子の開いた部屋の中から、父の紀三郎が顔を向けた。

「おう、冬吾か、入れ」

はい、と入った冬吾は壁際に立てかけられている何枚もの板を見た。

「父上、また板をいただけませんか。このあいだのが割れてしまったので、できればもう少し厚い物を」

ふむ、と父は顎をしゃくった。

「どれでも好きな物を持っていくがよい」

では、と板を選んで、冬吾はそれを見せた。

「これをよいですか」

うむ、と頷いて、父は机に向かっていた身体を回して息子と向き合った。

冬吾は机の上を見て、おや、と首を伸ばした。

「翁は出来上がったのですか」

置いてあるのは、彫りかけのなめらかな面だ。

「ああ」父は苦笑する。

「翁は止めた。彫るほどに父に似てきて、さまざまのことを思い出すのでな、押し入れにしまい込んだのだ。今度のは小面《こおもて》だ」

その手に彫りかけの小面を取り上げる。小面は若い女性の顔だ。

へえ、と小首をかしげる冬吾に、父は顔を背けて、小さく笑った。

「吉乃に似せて作ってやろうと思っているのだ」

「母上の顔、ですか」

「うむ、苦労をかけているからな」

照れを見せる父に、冬吾は微笑んだ。

「喜ばれるでしょうね、母上は若い頃はお美しかったのでしょう」

「ああ、美人で評判だった。いや、今でも衰えてはおらんぞ」

照れ笑いを深める父に、冬吾は膝で少し前に進んだ。ずっと胸に秘めてきた問いが、喉元に上がって来ていた。

「あの……」

言いよどむ息子に、父は「ふむ」と顔を向けた。

「なんだ、言うてみよ」

「はい……書物で読んだのです、二人一緒に産まれると、一人が養子や寺に出されるのが常だと。わたしにはそのような話は出なかったのでしょうか」

ふうむ、と父は小面に顔を戻した。

「あった……しかし、吉乃がそれに抗したのだ」

「やはり、母上でしたか」

「うむ、あれはこう言ってな……男子一人を残して、もしその子が育たなかったら、草加家の血が絶えてしまいましょう、と。まだ、そなたらに名もつけていなかったときだ」

命名はお七夜になされることが多い。

冬吾は、小さく息を呑んだ。生まれてすぐ、か……。

父は小面を目の前に掲げた。

「それにこうも言った。わたくしは難産であったため、もう子を産むことはできないであろう、と医者に言われました、子を一人にするのは無謀です、とな」

「そうだったのですか」

驚きを示す冬吾を見て、父はくっと笑った。

「わたしは医者に確かめたのだ、そうなのかと。しかし、医者は言いよった。そのようなこと言った覚えはない、とな」

「え、では、母上は嘘を……」

父は肩をすくめる。

「吉乃に問うたら、方便です、と胸を張りおった。おまけにこうも言った。ああ言った手前、もう子はいりません、と」

ははは、と笑い出す。

「なんと」冬吾は目を丸くした。

「それで、父上は……」

「ああ、わかった、と答えたわ」

笑顔のまま、父が膝を叩く。

冬吾は拳を握った。

「よかったのですか、それで」

おう、と父はまた膝を打つ。

「いいもなにも……わたしは毅然とした吉乃に惚れ直したわ」

照れながら、笑い続ける。と、その笑いを収めて、冬吾を見つめた。

「まあ、そういうことゆえ、そなたは堂々としておればよい。不自由な思いはさせたが、なあに、今はもう年子のよく似た兄弟で通っているのだ」

「はい」冬吾は眼鏡に手をかけた。

「眼鏡を着けてからは、人目を気にせずに外を歩けるようになりましたし、もう不自由は感じていません」

「そうか」父は目を細める。

「だが、なにかにつれて一年遅れとなった。すまぬな」

「いえ」冬吾は握っていた拳を開いた。

「それくらいのこと……」

父は小面を置いた。その面にも、すまぬ、とささやく。

冬吾は聞こえないふりをして、顔を逸らした。と、それを廊下へと振り向けた。

人の声や気配が伝わってくる。

「兄上がお戻りのようですね」

「そうか」

「ええ、兄上にも話があるのです。実は今日……」

留吉が水死体となって上がった話をする。

「ほう」

父が真顔になると、そこに紀一郎がやって来た。

「来ていたのか、冬吾」

「ええ、伝えたいこともあって……留吉のほうはなにかわかりましたか」

うむ、と紀一郎は冬吾の隣に座った。

「東北の白河《しらかわ》の村の出らしいということはわかったが、そこから先は突き止めようがなかった。引き取り人もいないため、無縁仏だ」

「虎七は現れなかったのですか」

「現れるどころか、同心の調べで住んでいる長屋を突き止めたのだが、二、三日前から戻っていない、という話だった。近所の者の話だと、以前から何日も留守にすることが多かったそうで、どこにいるのか、手がかりはなしだ」

ふうむ、と父は腕を組んだ。

「留吉とやら、金の貸し借りや諍いなどはなかったのか」

「それは遊び人仲間に当たってこれから調べます。実を言うと、長屋の評判も悪く、いくらでも悪い話は出て来そうなのです」

「厄介ですね」

冬吾は眉を寄せる。その顔を兄が覗き込んだ。

「で、そなたのほうの話はなんだ」

「あ、はい、今日、深川の朝岳寺に行ったのです、清三の墓を詣でようと、したところ、兄の勝太とたまたま出くわして……」

勝太とのやりとりを話す。

ほう、と父は顎を撫でた。

「その兄の話は信用できそうなのか」

冬吾は片眉を寄せた。

「わたしの見る限り、嘘を言っているようには……ですが、そう言い切る自信はありません。こたびの探索でいろいろと見聞きをするたびに、己の浅薄《せんぱく》さを思い知らされている次第ですし」

「うむ」紀一郎も頷いた。

「わたしも役人仲間の意見を聞くたびに学んでいる。場数を踏まねばわからぬことが数多くある、と痛感する」

「ふむ」父が頷く。

「年若の者は年長の者から学び、育つものだ。しかし、年長者だからといって、正しいとは限らぬ。誤った考えを持つ者もいるし、邪な者もいる。その正邪を見抜くことが肝要だ。それができれば、人の過ちも学びにできる」

「はい」

息子らが頷く。

父は紀一郎を見据えた。

「特に、人を捕らえる側の者は慎重に判断せねばならぬ。一度、縄をかければ、引っ込みがつかなくなるのが人の常だ。軽挙《けいきょ》は過ちの元となる、と胸に刻んでおけ」

「はい」

紀一郎は拳を握る。

冬吾も父の言葉を、そっと腹の底へと沈めた。

第五章　明日の次

一

雀堂の戸を閉めながら、冬吾は空を見上げた。

黄昏の茜色はすでに消えつつあり、雲は鼠色に変わっていた。

さて、晩飯は蕎麦にするか……。そう思いつつ歩き出すと、向かいから早足でやって来る姿が目に留まった。

「冬吾」

紀一郎が駆け寄って来る。

「兄上、どうしました」

冬吾も歩み寄り、向き合うと、紀一郎は息を整えながら、声をひそめた。

「辰次が捕まったのだ」

え、と目を丸くする冬吾に、紀一郎はさらに声を落とす。

「倉多がお縄にしたのだ」

「倉多殿が……なんの科《とが》ですか、まさか弟殺しというわけでは……」

「いや、さすがにそこまでの無茶はしていない。盗みの科で引っ張ったのだ。辰次は所払いになって長屋を引き払う際、同じ長屋の男が持っていた火鉢を盗んでいったというのだ」

「火鉢……そのようなものを」

眉を寄せる冬吾に、兄は「うむ」と顔を歪める。

「まあ、役人がよく使う手だ。罪ありと見込んでも証がないときには、ほかの小さな科で身柄を押さえる。それから問い詰めて白状させる、というやりかただ」

「それは、許されるのですか」

「法に触れることではない。いや、役人の皆が皆、しているわけではないぞ。わたしはやらん。しかし、思い込みの強い者や手柄を立てたい者は、しばしば用いる手だ。それは父からも聞いていた」

「そう、ですか」冬吾は眉間の皺を深くする。

「では、辰次は小伝馬町《こでんまちよう》に送られるのですか」

小伝馬町には牢屋敷がある。江戸の罪人が入れられる所だ。

「いや」紀一郎は首を振った。

「今は深川の自身番屋に捕らわれている。倉多はとにかく身柄を押さえたいと、近くの自身番屋に連れて行ったらしい。明日、こちらの大番屋に移され、吟味を受けることになる」

自身番屋は町人が造り、運営する番屋だが、大番屋は町奉行所の役所だ。呼び出しや叱りなどは大番屋で行われ、自身番屋から移された科人の吟味も行われる。大番屋は江戸に何ヵ所か置かれていて、この八丁堀にもある。そこで罪ありと判断された者が、牢屋敷に移されるのだ。

冬吾は、兄に口を開いた。

「その吟味、わたしも見に行ってはまずいでしょうか。手習い所をちょっと抜け出します」

ふむ、と紀一郎は顎を撫でる。

「そうさな、吟味なさるのは片桐様ゆえ、大丈夫だろう。そなたが探索に手を貸してくれていることも知っておられるゆえ、土間の隅から見ることはお許しになるはずだ。四つ刻（午前十時）頃に来れば、よかろう」

「はい」

頷く冬吾に、紀一郎も目顔を返して、くるりと背を向けた。

戻って父から助言を受けるに違いない。そう思いながら、冬吾も歩き出した。

八丁堀を渡って、浜町へと足を向けた。


音川の裏手に回ると、竹松がいつものように洗い物をしていた。

店のほうからは賑やかな音や声が聞こえてくる。夜の客がすでに上がっているらしく、台所からも忙しそうな響きが伝わっていた。

よし、誰も来そうにないな、と冬吾は竹松に寄って行った。

気づいた竹松は手を止めて、あ、と笑顔になった。

「お師匠さま」

「おう」と冬吾は向かいにしゃがんだ。

「忙しそうだな」

「へい、夜はいっつもこんなです」

横に積み上がった青菜や根菜を見る。

冬吾は竹松に顔を寄せた。

「町方同心が来なかったか」

「同心……いえ」

首をかしげる竹松に、冬吾はささやく。

「そうか、この先、来るかもしれない。実はな、辰次さんが捕まったのだ」

「辰次さんが……どうして」

「実はな、清三さんのことで疑われているのだ。兄弟の諍いで、辰次さんが人を使って清三さんを襲わせたのではないか、と。今は小さな科でお縄になっているが、おいおい調べはそちらに移っていくだろう」

「えっ、そんなことに……」

「うむ」冬吾は丸くなった竹松の目を見つめた。

「よいか、なにか聞かれたら……嘘をつけというのではない、清三さんが辰次さんに金を渡していたのは真なのだから言ってもよい。だが、よけいなことをしゃべってはいかん。特に、清三さんとおちよさんのことは、内緒だ」

「へい」竹松は真顔になって頷く。

「それは清三さんにもよう言われてました。おちよさまのことはなにも言うな、言ったら、おまえまで罰を受けるからって」

「そうか」

ええ、と竹松は声をひそめる。

「密通は手引きも罪になるってやつでしょう」

なんと、と冬吾は目を見開いた。わかっていたのか……。

「ふむ、竹松は賢いな、なれば安心だ」

面持ちを弛めた冬吾に、竹松が顔をしかめる。

「辰次さん、もう牢屋に入れられちまったんですかい」

「いや、まだだ。明日、大番屋で吟味を受けるのだ」

冬吾は言いながら立ち上がる。

竹松も立つと、ぺこりと頭を下げた。

「知らせてくだすって、ありがとうございました」

いや、と冬吾は背を向け、歩き出す。その足で路地を出る際、冬吾は顔を振り向けた。

竹松が家の勝手戸へと入って行くのが見えた。

おちよさんに知らせるのだな……。冬吾はそう思いつつ、路地を出た。


翌日。

雀堂をいつもよりも半刻早めて昼の休みにし、冬吾は八丁堀の大番屋へと向かった。

中に入ると、すでに吟味が始まっていた。

縄で後ろ手に縛られた辰次が、土間の筵に座らされ、その横に倉多が立っている。

辰次の斜めうしろには、見知らぬ男が正座をしている。

そっと中に入った冬吾は隅に寄って立った。

座敷では正面に吟味役与力の片桐が座り、横に書き役の与力が文机に向かっている。そのうしろに紀一郎が控えていた。

冬吾と紀一郎は、目顔で頷き合った。

「ふうむ、それでは」片桐が辰次の後ろに座る男を見た。

「孫六《まごろく》は火鉢を日頃から辰次に見せていたのだな。それをよい物だと辰次はうらやんでいた、と。それに相違ないか、辰次」

「へ、ええ、そりゃ、見てました、しょっちゅう、孫六の家に上がり込んでましたから、けど……」

倉多が辰次に向かって十手を振り上げた。

「それで欲しくなったのであろう」

「や、そうじゃ……いや、欲しいとは思いやした、そしたら、くれるって言ったんでさ、孫六が」

孫六は肩をすくめて横を向いた。

え、と冬吾は紀一郎を見る。兄は眇めた目で孫六を見ている。

そうか、と冬吾は胸の内で考えを巡らせる。この孫六という男、倉多殿に言われて訴え出たのだな、おそらくなにか弱みを握られていて、断ることができずに……。

「お役人様、聞いてください……」

辰次が腰を浮かせる。

と、そこに外から足音が近づいて来た。

二人の足音が、そのまま大番屋の中へと駆け込んで来た。

「お役人様」

そう声を上げて飛び込んで来たのは、おちよだった。後ろには父の吉兵衛《きちべえ》もいる。

えっ、と冬吾は驚きに息を呑んで、土間を進む二人を見る。

「お聞きください」おちよは前に進み出た。

「辰次さんは悪いことなんてしてません」

片桐を見上げたおちよは、土間の辰次へと目を移した。

「おちよちゃん」

辰次は見開いた眼で見上げる。吉兵衛はおろおろと大番屋の中を見回していた。

「待て」片桐は手を上げる。

「そのほう、名を申せ」

「あたしはおちよ、音川の娘です、こっちはおとっさんの……」

あ、と狼狽《うろた》えながら、吉兵衛は腰を曲げる。

「音川の主、吉兵衛と申します」

「ふむ、して、おちよとやら、そなたはこの辰次を知っているのだな」

「はい」おちよは毅然として頷いた。

「うちの手代だった清三さんの兄さんです。あたしは、何度も会ったことがあります。清さんは、いつか飯屋を開いたら、辰次さんにも手伝ってもらうって言ってたんです。ね、兄さん」

「あ、ああ……」

顔を向けたおちよに、辰次は丸い目のまま頷く。

おちよは頷いて、前を向く。

「清さんは、お店のためにお金を貯めてて、辰次さんに預かってもらってたんです。

お店の手代部屋に置いていたら、盗まれたことがあったからって」

えっ、と冬吾は思わず足を踏み出した。そういうことだったのか……。

その動きに、おちよが顔を向けた。

あ、と驚く顔に、冬吾は黙って頷いた。

「ふうむ」片桐が口を曲げる。

「その清三という手代、深川で殺された男だな。おちよ、そなたは清三と親しかったのか」

口を噤んだおちよの横で、

「あっ」と吉兵衛が進み出た。

「あの、清三はおちよの子守をして、よく供にもついていたもんで、その、実の兄よりも兄らしいと、慕っていましたもので……」

ふむ、と片桐はおちよを見る。

「それで辰次をもよく知っていた、ということか。金のことや先行きのことまで聞いていた、と。主の娘と奉公人、としては親しすぎるようにも思えるが……よもや情を交わしていたのではあるまいな」

片桐がじっと見据える。

おちよは半分、顔を伏せた。

冬吾は斜め後ろから、それを窺った。おちよの顔には迷いが見て取れた。言ってしまおうかどうか、迷っているのだな……。そう思いつつ、吉兵衛のほうを見る。吉兵衛は顔を強ばらせて娘を見ていた。戸惑いが浮かんでいる。が、それを振り払うように、小さく顔を振ると、それを片桐にも向けた。

「いいえ、お役人様」足を踏み出す。

「おちよと清三のことは、あたしが許していたんです」

おちよが驚きの顔になる。

冬吾も、え、と吉兵衛を見た。が、すぐにそうか、と得心した。おちよと清三のことを察して取り繕ったのだな、娘が密通の罪に問われないように……。

「そ、そうです」おちよも唇を震わせながら、顔を上げた。

「夫婦になって暖簾分けをしてもらって、小さな飯屋を開いて辰次さんにも手伝ってもらって……そう話してたんです。だから、辰次さんが清さんを死なせるわけないんです」

「えっ」辰次が腰を上げた。

「そ、そんなこと……あっしはそんなことを疑われてたんですか……」

筵の上を、身を揺らしながら膝で進むと、大きな口を開いた。

「あっしが、清三を、と……」

「黙れっ」

倉多が十手を辰次の前に差し出す。

辰次は喉元の十手にかまわず顔を振った。

「そんなこと、やっちゃいねえっ」

「ならば、なぜ、身を隠していた」

声を荒らげる倉多を、辰次が睨み上げる。

「舟が使えなくなって暇をもらったから、成田山に行ってただけでさ」

「ほんとです」おちよが声を上げた。

「辰次さん、成田に行くって、清さんに会いに来たんです。清さんが襲われた日の二日前です」

「ふんっ」倉多が鼻を鳴らす。

「だから二人組を雇ったのであろう、自分の仕業だと悟られないために。だから江戸を出るという小細工までしたのだ」

「違うっ」辰次は声を張り上げる。

「そんなことはやってねえっ」

「そうです」おちよがさらに前に出る。

「辰次さんじゃありません。やらせたのは、きっと音次郎兄さんと手代頭の弥助です」

「なっ」吉兵衛が仰《の》け反《ぞ》った。

「なな、なにを言うんだ、おまえは……」

おちよは眉を吊り上げた。

「あたしは清さんと好き合ってました。それが兄さんと弥助には、面白くなかったんです」

「ほう」片桐が眉を動かして吉兵衛を見た。

「その手代頭の弥助とやら、どのような男だ」

「そ、それは……働き者で正直なので、手代頭にした男で……いいえ、おちよと添わせようと考えたことも……」

「そんなの」おちよは父を見る。

「おとっさんは欺されてるのよ。弥助はおとっさんや番頭の前ではいい顔をするけど、裏では怠けるし下の者には意地が悪い……それに……」

おちよは唇を震わせ、両手を組んだ。

「それに、弥助は……あたしを無理矢理……」

え、と吉兵衛は娘を覗き込んだ。

「無理矢理……とは……」

「押し倒されそうになって……」

「なんと」

吉兵衛の声に、ほかからもざわめきが起こった。片桐も紀一郎も、そして冬吾も同じ言葉をつぶやいていた。

吉兵衛の顔が赤くなる。

「やや、弥助は、おまえを手込めにしようとしたってのかい」

おちよが小さく頷く。

「お店で花を生けていたら、入って来て……」

唇を震わせる娘を見ながら、吉兵衛は拳を握った。

「な、なんてことを……」その拳を振り上げる。

「弥助め……畜生のようなことを……」

うむ、と片桐が顔をしかめる。土間の役人らも頷き合っている。

「違う」声を上げたのは冬吾だった。

「それは違う、畜生は手込めになんてしない」

皆が驚いて見るなかを、冬吾は進み出た。

「犬でも猫でも、いや鳥や虫でさえ、雄は雌に好かれなければ番《つがい》にはなれないっ。力ずくで手込めにするなど、人だけだ」

しんとして、皆が見る。

「冬吾」

響いたのは紀一郎の声だった。

はっとして、冬吾は口を噤む。慌てて頭を下げ、後ろに下がった。

片桐が「ふうむ」と頷いた。

「すると、その弥助は畜生にも劣る、ということだな」

おちよが顔を上げた。

「そうです、それに、そのとき、助けに入ってくれたのが清さんだったんです」

「ほう」片桐が目を細めた。

「そうか、なれば、弥助は清三を憎んだであろうな」

おちよが頷く。

「清さんはそれ以来、前よりももっときつく当たられるようになった、と言っていました」

「なるほど」片桐は腕を組んだ。

「そうとなれば腑に落ちる。おちよの言うとおり、弥助が清三を襲わせたとしても不思議はない、ということになるな。して、兄の音次郎とやらは、どう関わっていたのだ」

「それは、二人はよくこそこそと話をしていて……」

おちよの言葉に、吉兵衛が口を塞ぐように手を上げた。

「馬鹿なことを言うな、音次郎がそんなことをするわけないだろう」

真っ赤になった顔で、座敷の際まで進み出た。

「お役人様、倅は確かに放蕩者ですが、そ、そんな人殺しをするような、男じゃありません」

「ふうむ」片桐は脇に置いていた扇子を取り、それを振った。

「思いもかけぬ流れになったな」

扇子で肩を叩きながら、天井を見上げる。と、そこに足音が駆け込んで来た。

「お願いしやす」

飛び込んで来たのは辰次の兄、勝太だった。

息を切らせて、土間に入り込んでくる。

「そのほう」

倉多が睨みつけた。

勝太はそれを見返し、ゆっくりと土間の人々を見回した。辰次の顔を見て頷くと、その後ろに目を向けた。

「あっ」と孫六を指で差す。

孫六は首を縮めると、身体ごと横に向けた。

「お役人様」勝太は進み出る、

「辰次が孫六の火鉢を盗んだ科で捕まったと聞いて、駆けつけて来たんです。けど、盗んでなんざいません。あっしは長屋を出るときに手伝いに行ったんです。そんとき、ここにいるあの孫六は、持っていきなと言って、火鉢をわざわざ荷車に乗せてくれたんです」

身を縮める孫六に、片桐は顔を向けた。

「今の話、真であるか」

「あ、へえ」孫六は顔だけを向けて、さらに首を縮めた。

「そうだったかも……ちいと勘違いしてたみてぇで……すいやせん」

くるりと身体を回すと、深々と頭を下げた。

その姿に、倉多が顔をしかめて逸らす。

片桐は、ふうっと息を吐いて、扇子で畳を打った。

「勘違いであった、というのだな。なれば、火鉢を盗んだ件はこれにて落着とする。

辰次は放免、縄を解け」

ああ、とおちよは手を合わせる。

辰次はそれを見上げて、目を交わした。

吉兵衛はまだ赤味の残る顔で天井を見上げ、土間を見つめ、当てもなく拳を振っていた。

座敷の紀一郎は、片桐となにやら話を始めていた。

倉多がしかめ面で、下役人に縄を解くように命じ、辰次の手が自由になった。

冬吾はそれを見て、そっと大番屋を出た。

二

翌日。

屋敷に戻った冬吾は、廊下で足を止めた。

庭の草花の上を蝶が飛んでいる。白や黄色、黒い揚羽蝶が舞うようすを眺めていると、茂みが揺れた。現れたのは祖母の徳だった。

「冬吾でしたか」

手に小菊の束を持って、廊下に近づいてくる。

冬吾は腰を下ろして、目の前に立った徳の顔を見上げた。

「花を切っていたのですか」

右手に持った鋏に目を向けると、「ええ」と徳は孫を見た。

「床の間に活けるのです……冬吾、最近はよく帰って来てますね。紀一郎の探索を手伝っていると聞きましたよ」

「あ、いえ。手伝うというほど役に立っているわけではありません」

笑みを浮かべると、徳はその顔を見返した。

「そなた、与力になりたいと思うているのですか」

え、目を見開く冬吾に、徳は正面から向き合った。

「部屋住みでも、与力になることはできますよ。与力にお役御免が出た際、別の家の部屋住みがその後に就くことはこれまでにもありました。そなたは別にできが悪いというわけではないのだから、与力になることを望んでいるのであれば……」

「いいえ」冬吾は祖母の言葉を遮った。

「わたしは与力になりたいと思うたことはありません。手習いの師匠をやってみて、性に合っているとわかりました。この先も続けていきます」

冬吾は少し頭を下げて、

「お気遣いありがとうございます」

と言うと、立ち上がった。

歩き出すと、徳も背を向けたのが気配で感じられた。

歩きながら、ふっと苦笑が浮かぶ。そんなふうに見られていたか……。

そのまま廊下を曲がると、その先に父の姿があった。

「あ、父上」

父は懐手《ふところで》で佇んでいた。

「母上との話し声が聞こえた。珍しいことだと思うてな」

「ああ、お祖母さまから与力になりたいのか、と尋ねられたのです。なので、いいえ、と答えました」

ふむ、と父は自分の部屋を示して、顎をしゃくった。入れ、と読み取って、冬吾は、後について部屋に入った。

父はゆっくりと胡座をかく。左足は伸ばし、膝をさすった。

「痛むのですか」

尋ねる息子に、父は苦笑を返した。

「ちとな、年のせいだ」

早くに隠居を決めたのは、その膝のせいだ。

父は真顔になると、冬吾を見た。

「以前、わたしの父が婿養子であった話をしたな」

「はい」

「うむ、実はな、これは紀一郎には話していないのだが、わたしも養子としてこの家に入ったのだ」

え、と冬吾は眉を寄せた。母が他家から嫁いできたことはわかっている。そちらの祖父母も知っている。だから婿養子というわけでないはずだ……。

戸惑う冬吾に、父は苦い微笑みを見せた。

「婿で入ったわけではない。わたしが六歳の折に、ここにもらわれてきたのだ。うちは草加家とは血も繋がっていてな、男子が多かったゆえ、気易く出されたらしい。この屋敷に来た日のことは、よく覚えている」

「そうだったのですか」

目を見開く冬吾に、父は頷く。

「のちに聞いたのだが、母上は何度か懐妊したものの、流れてしまったらしい。で、あきらめて養子をとったというわけだ」

へえ、と冬吾は息を吞み込んで祖母の顔を思い浮かべた。いつでも眉間を狭めていて、笑顔を見たことはほとんどない。

「それは……」

言葉を探すが、なにも浮かばなかった。

うむ、と父は顔を庭に向ける。

「どのようなお気持ちであったかはわからぬ。吉乃が懐妊し、腹が膨らんだ際には祝いをしてくださったが、胸の内は量ることができぬからな」

「はあ、特に男には、推し量るのが難しいかと」

「そうさな。まあ、ともかく吉乃の懐妊は喜ばれた。それでそなた達が産まれた、というわけだ」

父の目の先には、二匹の蝶が舞っていた。冬吾もそれを見ながら、微かに眉を歪めた。

「お祖母様は、腹立たしく思われたのでしょうね。せっかくできた跡取りが、人には言えぬような産まれ方で」

「いや」父が息子に顔を戻す。

「妬ましかったのかもしれん」

「ねた……」

冬吾は言葉を呑み込んだ。

父は天井に目を向ける。

「まあ、真のところはどうかわからん。いろいろの思いが混じり合ってもいたことだろう」

冬吾は庭を見る。蝶は飛び去り、小糠雨《こぬかあめ》が落ち始めていた。

父は「冬吾」と呼びかけた。

「そういうことなのだ」

「はあ」と、冬吾は父に頷いた。頷きつつも、頭の中では言葉が巡る。そういうこと……だから、堪えろ、ということだろうか、いや、許せ、あるいは思いやれ……

いや、全部かもしれない……。

思いを巡らせたまま、冬吾は腰を上げた。

紀一郎が戻ると、冬吾は連れだって再び父の部屋へと行った。

大番屋での吟味のようすを話すと、父は「ふうむ」と腕を組んだ。

「そのような流れになるとは」

「はい、わたしも驚きました」紀一郎は拳を握る。

「しかし、それで辰次への疑いは消えました。弟を殺さねばならぬわけがない、と。科をでっち上げてお縄をかけた倉多も、片桐様にお叱りを受けました」

「そうでしたか」冬吾は面持ちを弛めた。

「一つの疑念が晴れたわけですね。そうなると、おちよさんの言っていたことに、探索が向くのでしょうか」

「うむ、そうなるであろう。しかし、娘の言葉だけで証もないゆえ、この先、調べには時がかかるであろう。片桐様も慌てずに探索せよ、と仰せだった。倉多の先走りが戒《いまし》めとなったようだ」

「うむ」父が腕を解いた。

「こたびは濡れ衣を着せずにすんだが、思い込みの恐ろしさがよくわかったであろう」

「はい」

息子二人は揃って頷いた。

「して」と父は小首をかしげた。

「その店の若旦那とやらはどうなのだ、怪しいのか」

はあ、と冬吾は目を上に向けた。

「音次郎が深川の茶屋で会っていたのが虎七と留吉であったとすれば、十分に怪しいといえます。いかにも放蕩者というふうですし、茶屋でも歓待されてました。馴染みのいい客なのでしょう。まっとうな道理が通じるのかどうか……」

「ふうむ、若旦那ならぬ馬鹿旦那、ということか」

父の言葉に、息子二人は笑いを抑えて頷き合った。

＊

その頃、音川。

家の座敷で、主の吉兵衛とおちよが向かい合ってた。

「まったく」と吉兵衛が溜息を吐く。

「わしは昨夜はよう眠れんかった。おまえが清三と好き合っていたなど……それならそれで、どうして言わなかったんだ」

「だって」おちよが顔を上げた。

「おとっさんはあたしを弥助と妻合《めあ》わせるつもりでいたじゃない」

「そりゃ……弥助なら店をまかせられると思ったから……だが、おまえの言うことが本当なら……」

「本当よ」おちよが身を乗り出す。

「弥助はおとっさんが思ってるほどいい人じゃない、小狡《こずる》いし、信用できない男よ」

ふうむ、と吉兵衛の顔が歪む。

「わしの目が節穴だと言いたいのか。だがな、音次郎の名を出したのは許さん。あれは確かに馬鹿息子だが、人を殺させるほどの悪人ではない。息子の名を汚せば、店の名まで傷つけることになるんだぞ。愚かなことをしおって」

おちよは顔を伏せた。けど、と口を動かす。

「いいか」吉兵衛は立ち上がった。

「二度と音次郎の名を出すんじゃないぞ」

おちよが歪んだ顔で見上げると、父は、ふうっと息を吐いた。

「弥助との縁組みはなしだ。本当におまえの言うような男なのか、わしも気をつけて見ることにする。が、これ以上、よけいなことは言うでないぞ、清三のことも辰次のこともだ」

いいなっ、と言葉を捨てて、出て行った。

父の足音が消えると、おちよは静かに自分の部屋へと戻った。

棚の前に立ち、手を伸ばす。

冬吾からもらった阿弥陀仏の線刻を手に取った。

おちよはそれを胸に抱いて、目を閉じた。

三

「あ、お師匠さま」

雀堂の前で子供らが顔を向けた。八丁堀の川辺に置かれた床几で、子供らはあやとりをしていた。手を動かしながら、戸を閉める冬吾に、笑顔を向ける。

「お出かけですか」

「ああ」と冬吾は子らに寄って行った。

「用があってな、みんなも早く家に帰るのだぞ」

そう言って、橋へと歩き出した。

足は浜町へと向かう。

おちよさんは父親に叱られたろうな……。そう思うとおちよの顔が浮かび、父親や音次郎、弥助の姿も浮かんできた。

音川の周りをひと巡りして路地を覗くが、竹松の姿はない。

もう一度、周りを歩いて路地に戻る。と、店の勝手口から男が出て来た。

弥助だ、と冬吾は踵を返し、表へと戻った。

弥助が路地から出て来るのを、冬吾は道の端からそっと見やった。

また鉄砲洲稲荷だろうか……。と、冬吾は息をひそめて見つめる。

が、弥助が足を向けたのは大川の方向だった。永代橋へと歩いていく。

橋を渡る弥助を、冬吾はそっと尾けた。

深川の町に入り、賑やかな通りへと進んで行く。茶屋が並び、窓からは三味線や女の笑い声が聞こえてくる道だ。

男達が行き交う道で、冬吾は間合いを詰めた。弥助の背中が店へと入っていく。あ、と冬吾は足を止めた。

入って行ったのは、以前、音次郎が上がり、虎七らと会っていた扇屋だ。

「いらっしゃいまし」

という声が響く。

どうする、と冬吾は拳を握る。ひと息吸い込むと、うむ、と己に頷いて、店へと入った。

「いらっしゃいまし」

愛想のいい男に、冬吾は胸を張った。

「今、上がった客の隣の部屋を頼む」

「は」

首をかしげる男に、冬吾は咳を払った。

「あとで連れが来て、引き合わせることになっているのだ。驚かせる趣向でな」

はったりだ。

「はあ、さいで」

男は揉み手をして、上を見上げた。

「では、お二階に、今、案内させますんで」

おうい、と女中を呼ぶと、冬吾は階段へと導かれた。

二階に上がって、廊下を進むと、半分開いた襖《ふすま》が目に入った。女中が膳を運び入れている。

横目を向けた冬吾は、唾を飲み込んだ。

中にいるのは弥助と音次郎、そして虎七だった。音次郎は酒が回っているらしく、赤い顔をして笑っている。

すぐに顔を逸らした冬吾に、女中が隣の間の襖を開けた。

「どうぞ、こちらへ。お酒と膳をお持ちしますので、少々、お待ちを」

「うむ」

冬吾は部屋に入り、座る。

女中が出て行くと、ほうっ、と息を吐いた。やれやれ、上手くいった……。

弛みそうになったその顔をすぐに引き締め、隣の部屋に耳をそばだてた。

襖越しに声が聞こえてくる。

「で、若旦那、あれは大丈夫ですかい」

虎七の声だ。

「ああ、わかっているよ。今、用意をしているところだ。いくらあたしでも五両なんぞ、すぐに揃えられるわけじゃないんだよ」

　この声が若旦那だな、と冬吾は息を呑む。

「頼みますよ、昨日、留吉をやったのはおめえだろうって、仲間に言われちまったもんで、とっとと江戸を出たいんでさ。留公のたかりがなくなったんだから、こっちに回してくれりゃあすむ話でしょ」

　虎七の声に、

「まあまあ」弥助の声が割って入った。

「あたしも帳面をいじってるところだ、もう少し、辛抱しな」

「まあ、お飲みよ」音次郎の声だ。

「あとは弥助、おまえの出番だからね。おちよのこと、頼むよ。あいつは女のくせに気が強くて、邪魔くさいったらありゃしない」

「へい、女なんてのは抱かれてしまえば、言いなりになるもんです。清三もいなくなったことだし、今度こそ、うまくやりますよ」

　弥助の言葉に、冬吾は唇を嚙んだ。なんという男だ……。

「ああ、おちよをしっかり抑えておくれ」音次郎の声が上がる。

「おまえが音川を継いでくれりゃ、あたしも一生、安泰だからね」

音次郎の声が、ははは、という笑いに変わる。が、それがすぐに消えて、掠れた声になった。

「まあ、一生ったって、どれくらいかわかりゃしない。近頃じゃ、どうも鼻がおかしくなってきたからね、長生きはできそうにないよ」

掠れた笑いになる。

冬吾は、眉を寄せた。そういえばおちよさん、兄は瘡を病んでいると言っていたな……瘡病みは鼻が落ちるというが、本当なのか……。

「ああ、そんなら」虎七の声が上がった。

「ちまちま商売なんぞしてられませんね」

「そうさ」音次郎の声だ。

「おとっさんにはっきり言われたよ、いずれ暖簾分けをするから自分で店をやれ、ってね。ああ、やだやだ、あたしゃ算盤なんて大嫌いだし、人に頭を下げるなんざ、まっぴらごめんだよ」

「ええ」弥助の声が返る。

「若旦那にゃ、そんなのは似合わない。あたしにまかせておくんなさい」

「うん、頼んだよ」音次郎の声が弾む。

「よし、女を呼ぼうじゃないか」

ぱんぱんと手を打つ音が鳴った。

「はい」襖の開く音に続いて、男の声が聞こえた。

「お呼びで」

「うん」と音次郎の声が高まった。

「隣の部屋に布団を敷いておくれ。それで女を呼んでおくれ。いつもの馴染みに、二人付けてな」

「あ、いえ。お隣はお客さんが入っておりますもんで……あの、向かいの部屋を用意いたします」

襖が閉まり、ふうん、と音次郎の不満げな唸りが伝わってくる。

「隣の客ったって、なんの声もしないじゃないか。本当にいるのかい」

「いや、いたらいたで、出てってもらうって手もありますぜ」

虎七の声が上がる。

む、と冬吾は襖に寄せていた身を起こした。

襖越しに人の動く気配が伝わってくる。と、その襖が開いた。

襖を開けたのは膝でにじり寄った虎七だった。その顔が引きつり、

「あっ」声が上がった。

冬吾も息を呑む。

身を捩《よじ》った虎七が、ああっ、と指を差してきた。

「てめえ、あんときの……」

腰を上げる虎七よりも早く、冬吾が立った。

「なんだい」

音次郎が丸い目で、冬吾と続いて立ち上がった虎七を見る。

「知っているのか」

弥助も立ち上がった。

「へい」虎七が二人を振り返る。

「この侍、前にあっしを尾けて来やがったんでさ」

ええっ、と音次郎も立ち上がる。

「なんだい……誰なんだい」

「いや」弥助が前に出た。

「話を聞いていたに違いない、虎七、やってしまいな」

目で頷くと、虎七は懐に手を入れた。

冬吾は足を踏み出し、

「話はしかと聞いた」

胸を張る。

「てめえ」

睨む虎七と向き合い、冬吾は刀の柄に手をかけた。その目で素早く周囲を見る。

欄間があり、襖もある。長刀を振り回すことはできない。その手を脇差しに移して、鯉口を切った。

それを見た虎七が匕首を抜いて、音次郎らに歪んだ笑いを向けた。

「へっ、この眼鏡侍、腕はからきしなんで、心配はいりやせん」

刃を光らせて、構える。

冬吾も脇差しを抜く。以前、初めて刃を交わしたときのことが甦る。いや、と冬吾は柄を握る手に力を込めた。二度目は怯《ひる》まぬ……。

虎七が匕首を振りかざして、踏み込んで来る。

冬吾はその刃を受けた。

鋼のぶつかり合う音が響く。

ひいっ、と音次郎が部屋の隅へと逃げて行く。

虎七の刃が再び振り上げられ、冬吾が身をかがめた。

降り下ろされる匕首を、冬吾の刃が下から弾く。

匕首は宙に飛んだ。

「ちっ」それを見た弥助が舌打ちをして、背を向けた。

「虎七、あとは頼んだぞ」

え、と虎七が目で追う。

「ああ」と音次郎が弥助を追う。

「待っておくれ」

部屋を出て行く二人に、

「おいっ」

虎七が手を伸ばして追う。

が、二人は振り返りもせずに、階段を駆け下りて行く。その音が響くと、階下から人の声が上がった。

「えっ、お客さん、どうしました」

「あ、お待ちを」

「なんです」

冬吾は脇差しを納め、虎七を見据えた。

「捨て駒にされたな。一緒に番屋に行ってもらおう」

言いながら、右手を懐に入れた。

「くそっ」虎七が吐き捨てる。

「やってられっか」

虎七が踵を返す。

冬吾は棒手裏剣を取り出した。

廊下を駆け出す虎七のふくらはぎをめがけて、それを投げつける。鋭い刃先が、着物を通して肉に食い込んだ。虎七の足が止まる。

「くっ」と振り向いて、虎七は棒手裏剣を抜く。

冬吾は次の棒手裏剣を足首に投げた。空を切る音が鳴り、狙い通りに刺さる。

うっ、と呻いて虎七の腰が曲がり、身体が斜めに崩れる。その太股を狙って、もう一本、打つ。膝が折れ、崩れ落ちた。

「なんだ」

「お客さん、なにを」

下から声が上がり、階段を上ってくる足音が鳴った。

「縄をっ」

冬吾が声を上げた。

上がって来た店の男や女中に、虎七を指さした。

「この男、仲間を殺した科人だ、役人を呼ぶのだ。縄で縛れ」

ええっ、と男は階段の下へ声を放つ。

「誰か、役人を呼んでおいで」

「紐なら」

女中が襷を外して差し出す。

おう、と男がそれで虎七の足首を縛りだした。

別の男も襷を外して、手首を後ろ手に縛り上げる。

冬吾はそれを見て、階段を下りた。わたしまで捕まってはまずい、と店を飛び出す。あとは役人にまかせればいい……。そうつぶやきながら、道を早足で抜ける。

表から走って来る同心を見て、冬吾は足を緩めた。

扇屋へと駆けて行く後ろ姿を見送り、冬吾は永代橋へと戻った。

雀堂の奥の部屋で、冬吾は布を広げた。

細長い布は下半分が袋状になっており、細く縦に縫い分けられている。収められているのは棒手裏剣だ。

袋は三本分が空になっている。

冬吾は箱から棒手裏剣を取り出すと、袋に入れ始めた。

すべて収まると、布を丸めて手で握る。当分は使わないですみそうだな……。そうつぶやいて、箱の上に置いた。

そこに、

「お師匠さま」

と、声がかかった。

出て行くと、おはなと母親が土間に並んでいた。

「おう、おはなちゃんだったか」

「こんにちは」

と、頭を下げる横で、母も続いた。

「いつもお世話になってます」

顔を上げた母は両手に持った小鉢を差し出す。

「あさりの時雨煮《しぐれに》を作ったもんで、どうぞ、お召し上がりを」

ほう、と冬吾は小鉢を受け取る。茶色く煮詰められたあさりから、生姜《しょうが》を含んだ甘辛い匂いが立ち上ってくる。

「や、これはいい匂いだ。ご飯がいくらでも食べられそうだ」

「ええ、炊きたてのご飯によく合いますよ。お師匠さまは、ご飯、うまく炊けるようになりましたか」

「うむ、教えてもらったおかげで、焦がさなくなったし、お粥にもならずにすんでいる。おまけに菜までもらって、かたじけない」

「あら、とんでもない。ありがたいのはこっちですよ。おはなはこちらに通ってから、すっかりいいお姉ちゃんになって。前は弟をいじめて、ほんと、困ってたんですよ」

おはなは、えへっ、と笑って母の後ろに隠れる。

「ああ、おっかさんをとられたようで寂しかったのだろう」

冬吾の言葉に、母は苦笑する。

「ええ、そうは思ったんですけどね、忙しいってのに脇で喧嘩を始められちゃ、こっちの目も吊り上がるってもんです」

「もうしないよ」

おはなが母を見上げる。

「はいはい」母がその頭を撫でた。

「おはなやさしくなったものね。お師匠さまのおかげだね」

うん、とおはなは笑顔になった。

「これからもよろしくお願いします」

母は腰を折ると、じゃ、と出て行った。

冬吾は小鉢のあさりをつまむと、旨い、と笑顔になる。と、その顔を真顔に戻した。足音が耳に飛び込んだからだ。

「冬吾、いるか」

紀一郎が土間に飛び込んで来た。

座敷の冬吾を見て、紀一郎は目を上下に動かした。

「おう、そなた、怪我はないか」

座敷に上がってくると、向かいから覗き込んだ。

「虎七が自身番屋に引っ張られたと知らされて、深川に行って来たのだ。聞けば、眼鏡を着けた若侍が捕らえたというではないか。すぐにそなただとわかったが……

心配で走って来たのだ」

「ああ、怪我はありません」

冬吾が笑顔になると、紀一郎も「そうか」と力を抜いて、座り込んだ。

「いや、驚いたぞ、どういうことだったのだ」

はい、と冬吾も向かい合うと、弥助を尾けたところから話し出した。

「永代橋を渡って行ったので、そのまま後を……」

扇屋でのやりとりから、顛末《てんまつ》までを話す。

「ほう、そうであったか」紀一郎が頷く。

「いや、お手柄だ。茶屋で確かめたところ、音次郎は贔屓の客ということで、店の者らもよく知っていた。これで、三人のつながりは明らかになったというわけだ」

膝を叩いて、笑顔になる。

「虎七は明日には大番屋に移す。午後には音次郎と弥助も呼び出すことになる。そなたも大番屋に来てくれ」

「はい」

「裏口から入れ、それと……」

紀一郎は冬吾の顔を見つめ、低い声でささやいた。

四

翌日。

雀堂を昼で閉めると、冬吾は大番屋へと向かった。

裏口に回り、そこで冬吾は眼鏡を外した。懐にしまい、中へと入る。

「おう、来たな」すぐに出て来た紀一郎が、座敷を目で示す。

「片桐様にも話を通してある。上がれ」

はい、と座敷に進むと、すでに片桐が吟味の席に着いていた。書き役も横で文机に向かっている。土間には幾人もの人の姿が見える。

縄をかけられた虎七は筵の上に座らされ、その横には同心が立っている。棒を持った見張り役も見えた。

「そこに座れ」

紀一郎が示した座敷の隅に、冬吾はそっと座った。

紀一郎も書き役の背後に座る。

片桐は巻紙の書面を見つめていた。紀一郎が書いた物らしい。片桐は顔を上げると少し振り向いて、冬吾に目顔で頷いた。冬吾も目顔で礼をする。
そこに表がざわついた。
「お呼び出しの者、着きました」
倉多が言いながら、土間へと入って来る。
続いて音次郎、弥助、そして吉兵衛が入って来た。
音次郎と弥助は、虎七の横に座らされた。
吉兵衛は隅へと誘導される。
そうか、と冬吾は胸中でつぶやいた。吉兵衛は自らついて来たのだな……。
「うむ」片桐が顔を上げた。
「音川屋の息子音次郎、手代頭の弥助に相違ないな」
「はい」と二人がうなだれる。
音次郎は隣の虎七をちらりと見るが、弥助は前を向いたままだ。
「なれば、早速、尋ねる。音次郎と弥助、そこにいる虎七を知っているな」
二人は横目で虎七を見ると、もごもごと口を動かした。が、言葉は出てこない。
片桐は手にした扇子で虎七を差した。
「昨日、深川の扇屋でともに座敷にいたのは間違いないな。よく知った仲であるゆえの同席であろう」

「いいえ」弥助が顔を上げた。

「よく知った、というほどではありません。虎七は以前、店の客が乱暴を働いた折、それを止めてくれたことがあったので、まあ、それで知り合いになった、という次第です」

冬吾は首を伸ばし、弥助を見た。なるほど、こうなることを踏まえて、言い逃れを考えて来たのだな……。

「ほう」片桐は音次郎を見る。

「それに相違ないか」

「はい」音次郎が頷く。

「その折の礼をしようと、昨日は扇屋に呼んだわけでして……」

「ふむ、では虎七」片桐はそちらを見る。

「そのほう、この二人になにか頼まれごとはしておらぬか」

「いいえ」虎七は上げた顔を横に振る。

「そんなことはありやせん」

揺るぎのない声に、冬吾は思わず首を伸ばした。面持ちも平然としている。

なるほど、しらを切るつもりだな……。冬吾は横の二人も見た。

音次郎は首を縮めているが、弥助は顔を上げている。

隅に立つ吉兵衛は、おどおどとその二人を見ていた。

「虎七」片桐が扇子を向ける。

「そのほう、仲間の留吉が殺されたことは知っているな」

「へい、河口に浮かんでたと聞きやした」

「ふむ、そなた、その死に関わってはおらぬか」

「とんでもねえ」虎七はまた首を振る。

「あっしは知りやせん。留吉は悪い仲間と付き合いがありやしたから、誰にやられてもおかしくありませんや」

「なるほど」片桐は扇子を振る。それを弥助に向けた。

「音川では手代の清三が二人組に襲われて殺されたな」

「はあ」

「そのほう、手代頭としてなにか心当たりはないか」

「いいえ」弥助も首を振る。

「あたしはなにも」

ふむ、と片桐は音次郎に目を移した。

「音次郎、そのほうはどうだ」

え、と音次郎が顔を上げる。

「い、いいえ、あたしもなんにも」

片桐は扇子で肩を叩く。

「ふうむ、誰もなにも知らぬ、ということだな」

虎七は顔を背け、弥助は「はい」と答えた。隣の音次郎も、慌てて「はい」と続ける。

片桐が紀一郎を見た。

紀一郎は頷いて「冬吾」と顔を向けた。

冬吾は立ち上がる。

「前へ」

片桐に促され、冬吾は進み出た。

土間に並んだ三人が冬吾を見た。が、誰も面持ちを変えず、なんだ、という目で見ている。

「冬吾」

後ろから紀一郎が声を投げる。

頷いた冬吾は、懐から眼鏡を取り出し、顔に着けた。

「あっ」

声が上がった。

三人それぞれに、顔を引きつらせ、腰を浮かせた。

音次郎は手を上げると、指を上下に揺らした。

「あ、あの……」

虎七が、くっと、息を呑む。

片桐が三人を見回した。

「この者に見覚えがあろう」

冬吾は胸を張った。

「話はしかと聞いた」

扇屋での言葉を繰り返す。

音次郎は口を動かしているが、声が出てこない。隣の弥助は顔を歪め、唇を噛んでいる。虎七は浮かせていた腰を、すとんと落とした。はっ、と掠れた息を吐き出し、それが笑い声に変わっていく。

「ははは、なんてこった」顔を上げて膝を叩く。

「こりゃあ、もうしらの切りようがねえ」

冬吾はそっと下がり、座敷の隅に控えた。

笑う虎七の隣で、音次郎はきょときょとと目を泳がせている。

弥助は歪めた顔のまま、虎七を睨みつけた。

虎七はそれに睨み返すと、ふん、と顔を戻した。

「こうなっちゃしょうがねえ。そうでさ、あっしはこの二人に言われて清三を襲ったんでさ」

「な、なにを言う」弥助が虎七に手を向け、払う。

「嘘をつくな」

「なんでい」虎七が口を歪めて笑う。

「てめえの身は守ろうって魂胆だな、そうはいくかい」

虎七は正面を見上げた。

「お役人様、あっしはここにいる若旦那と弥助に金をもらって清三を殺したんでさ。邪魔だから始末したいって言われやしてね」

「ち、ちが……」音次郎が手を振った。

「あ、あたしは、殺せなんて言ってない」

「はあ」虎七の顔が歪む。

「弥助が、始末してしまってくれっつったら、うんうん、って頷いてたじゃねえか。すっとぼけてんじゃねえよ」

「ふむ、始末しろ、と言ったのだな」

片桐の言葉に、弥助は顔を紅潮させる。

「そ、それは言葉の勢いで……」

「ふむ、して、なにゆえに清三を殺させたのか」

片桐の問いに、音次郎と弥助が横目を交わし合う。

片桐はその二人に扇子を向けた。

「こうであろう。音次郎の妹おちよは清三と思い合っていた。そのままだと、いずれ、清三が婿になり、音川の後を継ぐことになるかもしれない。が、それ以前に、弥助にも婿養子の話があった。それを清三にとられてなるものか、と弥助は考えたのであろう。弥助は不埒を清三に止められ、怨みもあったはずだ」

ぐっと、弥助が息を呑み込むのがわかった。

「さらに音次郎」片桐が扇子を向ける。

「そのほうは遊んで暮らしたい。弥助が店を継げば、それを許してくれると話ができていた。しかし、父親からは暖簾分けの話をされていた。清三が後を継ぐことになれば、そうなるのは避けられない。となれば清三が邪魔なのは弥助と同じこと」

ああ、と後ろのほうから声が漏れた。片隅で、吉兵衛が顔を覆って、しゃがみ込んでいた。

片桐は虎七に向いた。

「そして、虎七。そなたは留吉も殺した。留吉は音次郎を強請《ゆす》っていたようだな」

「へい」虎七は頷いた。

「清三のことをタネに、若旦那をしょっちゅう強請りにいってやした。調子に乗るなって言ったんですけどね、あいつは聞きやしませんでした」

「ふむ、それで音次郎は留吉も邪魔になった。そういうことだな」

音次郎はうなだれる。

「して」片桐は弥助を見る。

「そなたは音次郎に頼まれて、留吉殺しを虎七に命じたのだな。鉄砲洲稲荷で虎七と密かに会っていたこと、見た者がいるのだぞ」

弥助もぐっと唇を噛んで下を向く。言葉を発しようとはしない。

「この期に及んでもしらを切るか」片桐は冷えた笑いを漏らした。

「まあよい、牢屋敷での責め問いで明らかになろう」

三人の顔が強ばる。

「いえ」虎七が再び腰を浮かせる。

「あっしは白状しやす。そうでさ、弥助に頼まれ留吉を殺したんでさ」

その言葉に、弥助はうつむけていた顔を、きっと上げた。横目で音次郎を見ると、

「ええ、そうですとも」と頷いた。

「あたしは若旦那に言われて、虎七に頼んだんです」

「ああ……」

音次郎はその身体を折って、背中を丸めた。

「音次郎」片桐がその背中に声を投げる。

「相違ないか」

「は、はは、はい」

音次郎は筵に額をつけて頷いた。

ああ、という呻き声が隅から上がる。吉兵衛が気を失って、倒れ込んだ。

片桐が扇子の先を三人に向けた。

「虎七、音次郎、弥助、三人を牢屋敷に引っ立てい」

はっ、と同心らが一斉に動き出した。

冬吾は紀一郎と顔を向き合わせると、目顔で頷いた。

五

黄昏時の雀堂に、紀一郎が入って来た。

「冬吾、変わりないか」

大番屋での吟味から、数日が経っていた。

「はい、兄上、どうぞ」

奥の部屋へと誘い、冬吾は向き合った兄に問うた。

「あの三人はどうしていますか」

「うむ、牢屋敷で神妙にしている。そのうちに詳しい詮議《せんぎ》が始まるだろう。もう言い逃れはできぬから、お沙汰が下るまでそう長くはかからぬはずだ」

「そうですか、どのようなお沙汰になりそうですか」

「そうさな、虎七は二人殺しているから市中引き回しの上死罪、あるいは獄門になるかもしれん。弥助もその指示を出したのだから死罪、音次郎は弥助の口車に乗ったとも考えられるから遠島、というところだろう」

遠島、とつぶやいて、冬吾は目を伏せた。

「吉兵衛さんは気を落としているだろうな」

「うむ、奉公人はともかく、息子もとなれば気落ちするであろう。音次郎は瘡病みゆえ、島で命が尽きるだろうしな」

「そうですね、当人も長生きはできないと言っていましたけど……しかし、これで清三さんも浮かばれるでしょう」

「うむ、これでとりあえずは落着だ。こたびはそなたの手柄によるところが大きい。助かったぞ」

「いえ」冬吾は首を振る。

「わたしよりも、勇気を振り絞ったおちよさんの手柄です。あれがなければ、辰次さんが科人にされて終わっていたかもしれない」

「ふむ、確かに。おちよの駆け込みには驚いたな」

「ええ、わたしもまさか、あんなことをするとは。いざとなれば、女《おなご》は肝が据わるものですね」

ああ、と紀一郎は小さく笑い、「そうだ」と真顔になった。

「清三は今際《いまわ》の際《きわ》に、お、と何度か口にしたのだ。わたしは奉公先が音川であることを告げようとしたのだと考えていたのだが、大番屋でおちよを見たあと、はたと気づいたのだ。清三は、最期におちよの名を呼んでいたに違いない、とな」

あ、と冬吾が息を呑んだ。

「おちよ、か……ああ、きっとそうです」

「うむ、わたしは恋をしたことがないゆえ、すぐには思い至らなかったが」

苦く笑う兄に冬吾も「同じく」と苦笑した。

「そうですね、おちよさんが辰次さんを救おうと必死に訴えた姿からは、愛しい男の兄を守ろうという気持ちが伝わってきました」

「うむ、それと真の科人を逃がしてなるものか、という怒りも伝わった。片桐様もそれを見抜いたのだろう」

紀一郎は「さて」と腰を上げながら、弟を見た。

「久しぶりに屋敷に戻らぬか。母上が待っているぞ」

「そうですね」

冬吾も兄に続いて外に出た。

半歩先を歩きながら、紀一郎はつぶやく。

「母上は毎日、夕刻になると外を覗くのだ。あ、そうだ、勘助も待っているぞ。煮干しや削り節の出し殻を干しているから、どうするのかと聞いたら、冬吾が来たら持たせるのだと言うていた」

「そうですか、それはありがたい」

二人は橋を渡る。

兄は横顔を向けたまま言った。

「雀堂はどうだ、そなたには合っているようだが、続けられそうか」

「はい、やりがいがありますよ。もっと手習い子を増やして、店賃も自分で払えるようにするつもりです」

「なんだ」紀一郎が顔を向けた。

「店賃のことなど気にせずともよい。わたしが出世したら、もっと広い家を借りてやる」

「や、今のままで十分……いえ、兄上の出世は間違いないでしょうが」

「うむ」兄は空を見上げた。

「必ず吟味役になってみせる。草加家のためにもそなたのためにも、な」

「わたしのため……いいえ、店賃はいずれ自分で……」

「店賃のためではない。わたしはそなたを踏み台にして家督を継いだのだ。出世しなくては面目が立たぬ」

踏み台、と冬吾は言葉を呑み込んだ。そんなふうに思っていたのか……。

紀一郎はふっと息を吐いた。

「産まれた順番が逆であったら、そなたが当主になっていたのだ。すまぬ、と思うている」

えっ、と冬吾は紀一郎の横顔を見つめた。そんなふうにも思っていたのか……。

驚きとともに、口元が弛んでくる。なんと、思うと笑いが浮かんできた。その声が、ははは、と洩れた。

「なんだ」

訝る兄に、冬吾は首を振った。笑いが止まらない。

「いやぁ、わたしは運がいいと思って」

む、と首をかしげる兄に、冬吾は身を乗り出して笑顔を向けた。

「わたしは役人には向きません。手習い師匠が性に合っている。それに、いつか犬と猫を飼いたいんです。屋敷ではお祖母さまと母上がこうなりますからね」

冬吾は指を立てて、頭の横に置いた。

ぷっと、紀一郎が噴き出す。

「そうか、それはそうだな」

ええ、と冬吾は前を向く。

屋敷の門が、見えてきていた。


昼の雀堂で、冬吾はアカとトラに皿を並べた。

横にしゃがんだ英吉は、

「今日は煮干しがたくさんですねえ」

と、冬吾を見る。

「うむ、家でとっておいてくれたのだ」

笑顔の冬吾は、はっと外に目を向けた。

戸口に足が止まった。

顔を上げると、立っていたのはおちよだった。横には風呂敷包みを抱えた竹松もいる。

「お邪魔しても……」

頭を下げるおちよに、冬吾は、どうぞ、と招き入れた。

天神机をずらして、座る場所を作る。

おちよは竹松から受け取った包みを開けると、木箱を取り出した。

「このたびは大変お世話になりました。お礼と申すには粗末な品ですが、菓子なのでお子らが喜ぶかと。どうぞお納めくださいまし」

凛《りん》とした態度に、冬吾は目を見開いた。以前は頼りなかったのに、ずいぶんとしっかりしたものだ……。

おちよは竹松に拳を出した。

「これで、団子を食べておいで」

はい、と落とされた銭を握って、竹松は立ち上がった。

その足で竹松は外に出た。

と、川端に置かれた床几へと進んだ。

そこには英吉が座っていた。川面を眺めながら、ぶらぶらと足を揺らしている。

「なあ」と竹松は寄って行った。歳が近い子と遊びたい気持ちがあった。

「この辺に、水茶屋はあるかい。団子食べに行くんだけど、一緒に行くかい」

えっ、と顔を上げた英吉は肩をすくめた。

「いや、おいら姉ちゃんが弁当を持って来るから、待ってるんだ」

その顔を巡らせると、声を上げた。

「あ、来た」

風呂敷包みを持ったおはるがやって来る。

「あら、どうしたの、こんなところで」

おはるが覗き込むと、英吉は振り返って雀堂を指で差した。

「お客さんが来たから出て来たんだ」

お客、とおはるも振り返る。

座敷に冬吾と向き合うおちよの姿があった。

あの人、前に来ていた……。おはるは唇を噛む。

おはるは弁当の包みをどんと床几に置いた。

「英吉、ここでお食べ」

おはるは離れて行こうとする竹松を呼び止めた。

「小僧さん、あの娘さんのお供で来たの」

「へい」

振り向いた竹松に、おはるは手招きをする。

「そいじゃ、このお弁当、あんたにあげる。お食べなさいな」

「え、いいんですかい」

「いいわよ、さっ」

招かれるままに、竹松は英吉の横に座った。

弁当箱を渡されて、わあ、と笑顔になる。

おはるは、雀堂の二人を遠目から見た。

向かい合う二人は、抑えた声で言葉を交わしていた。

「なんと」と冬吾は顔を歪めた。

「吉兵衛さんは店に出ていないんですか」

おちよが小さく頷く。

「ええ、寝込んでしまって、やっと起きたと思ったら、今度は面目なくてお客さんの前に出られないと言って……だから、あたしがお店に出てるんです」

「へえ、それは……」

感心する冬吾に、おちよは胸を張った。

「あたし、決めたんです、お店を継ぐって」

冬吾が「えっ」と目を見開くと、おちよは大きく頷いた。

「いずれ、あたしが婿を取って、お店をやっていくつもりです」

「ほう、それは吉兵衛さんも心強いことであろう。いや、よく決心したものだ」

「ええ」おちよは目を上に向けた。

「明日の次にはまた明日が来るんだもの。うしろを見てたってしょうがないって、気がついたんです」

ふうむ、と冬吾は目をしばたたかせて、おちよを見つめた。

その二人を遠目で見ていたおはるは、顔を逸らした。

竹松の横に立つと、腰をかがめて話しかけた。

「小僧さんの所は大店なんでしょうね」

「へい、音川ってぇ立派な料理茶屋です」

「ああ、聞いたことがあるわ。そう、あの娘さんはそこのお嬢さんなのね。器量よしよね」

「へい、おちよさまは気立てもいいんです」

「おちよさんっていうの」

「さいです。いろいろ気の毒なことがあっておやつれになっちまったけど、前はもっときれいだったんですよ」

「気の毒なことって……どんな」

おはるが覗き込むと、竹松は首をすくめて声を落とした。

「好き合って、夫婦の約束を交わしていた人が殺されちまって、それも身内のごたごたで……それをあのお師匠さまが……」

話を聞きつつ、おはるは雀堂を振り向いた。そういうことだったの……。

二人はまだ向き合ったままだ。

おちよは顔を上げていた。

「あたし、もう一つお礼を言いたくて」

冬吾に向かって手を合わせる。

「以前、いただいた阿弥陀様に、毎日手を合わせてお祈りしてるんです。清さんがご浄土に行けますようにって。そうしたら、三日前、夢を見たんです。清さんが初めて夢に出て……雲の上みたいなとこできれいに光ってて、おちよって言って、笑ったんです」

「へ、え」冬吾は身を乗り出した。

「それはよかった……あ、そうだ、わたしも話したいことがあったのだ。兄は清三さんの今際の際に立ち会ったのだが、お、お、という声を聞いたと……」

兄から聞いた話を伝える。

おちよの目がたちまちに赤くなり、はらはらと涙がこぼれ落ちた。

「清さん」おちよが顔を伏せる。

「清さんは、最初、おちよまって呼んでたんです、それからおちよさんになって、おちよちゃんに変わって、最後はおちよって……」

涙を袖で拭う。

冬吾は黙ってそれを見つめた。

向かい合う二人を、おはるは外から見ていた。

やがて、雀堂の二人が立ち上がった。

おちよに続いて、冬吾も出てくる。

おはるが足を踏み出そうとすると、

「ごちそうさまでした」

という声が、それを止めた。

竹松が弁当箱を差し出す。

あっ、とおはるは冬吾を振り返る。しまった、お弁当……。

弁当箱を渡した竹松が駆け出した。

「おちよさま、この姉さんが……」

竹松の声に、おちよと冬吾が寄って来る。

「お弁当をごちそうしてくださいました」

竹松の言葉に、おちよがおはるの前に立った。

「まあまあ、うちの者が図々しく……ありがとうございました」

「あ、いえ」

おはるは弁当箱を後ろに隠す。

おちよは冬吾に向き直ると、そちらにも腰を折った。

「では、これで。本当にお世話になりました」

「いや、おちよさんも達者で」

「はい、あたし、ちゃんと女将になってみせます」

胸を張るおちよに、

「うむ、その意気だ」

冬吾は微笑む。

おちよと竹松は、会釈をしながら背を向け、歩き出した。

見送る冬吾に、おはるは「あの」と肩をすくめる。

「すみません、あたし、お弁当をあの小僧さんに……」

ああ、と冬吾は笑顔になる。

「大丈夫だ。今日は屋敷から弁当を持たされたから」

「お屋敷から……」おはるは肩を落とした。

「そっか、あたしの粗末なお弁当なんて、いりませんよね」

くるりと身を回すおはるに、冬吾は「いや」と手を上げた。

「おはるちゃんの弁当は粗末ではないぞ。いつも旨い」

「ほんとに」

首だけを回すおはるに、冬吾は頷く。

「おう、真だ。ひと味違う、ということだな」

英吉が二人のあいだに割って入る。

「それは情の味ってやつです」

「もうっ」と、おはるが弟の頭を叩く。

「もう、馬鹿なんだから」

下駄で地面を蹴る姉に、英吉は口を尖らせた。

「おいら、馬鹿じゃねえやい」

「まあまあ」

冬吾は苦笑する。

「それじゃあ」おはるが笑顔になった。

「明日、またお弁当作って来ます」

「うむ、それはありがたいが、明日でなくとも……」

「いいんです」

おはるは弁当箱を胸に抱いて、駆け出していく。

おはるとすれ違いながら、子供らも駆けて来る。

「お師匠さま、戻りました」

「戻りました」

子供らの声で、また雀堂が賑やかになった。

本書は書き下ろしです。

すずめのお師《し》匠《しょう》

身《み》代《が》わり与《よ》力《りき》捕《とり》物《もの》帖《ちょう》

氷《ひ》月《づき》 葵《あおい》

令和6年 4月25日　初版発行
令和6年 6月5日　再版発行

発行者●山下直久

発行●株式会社KADOKAWA
〒102-8177　東京都千代田区富士見2-13-3
電話　0570-002-301（ナビダイヤル）

角川文庫 24144

印刷所●株式会社KADOKAWA
製本所●株式会社KADOKAWA

表紙画●和田三造

●お問い合わせ
https://www.kadokawa.co.jp/（「お問い合わせ」へお進みください）
※内容によっては、お答えできない場合があります。
※サポートは日本国内のみとさせていただきます。
※Japanese text only

ISBN 978-4-04-114312-4　C0193

◆◇◇

角川文庫発刊に際して

角川源義

第二次世界大戦の敗北は、軍事力の敗北であった以上に、私たちの若い文化力の敗退であった。私たちの文化が戦争に対して如何に無力であり、単なるあだ花に過ぎなかったかを、私たちは身を以て体験し痛感した。西洋近代文化の摂取にとって、明治以後八十年の歳月は決して短かすぎたとは言えない。にもかかわらず、近代文化の伝統を確立し、自由な批判と柔軟な良識に富む文化層として自らを形成することに私たちは失敗して来た。そしてこれは、各層への文化の普及滲透を任務とする出版人の責任でもあった。

一九四五年以来、私たちは再び振出しに戻り、第一歩から踏み出すことを余儀なくされた。これは大きな不幸ではあるが、反面、これまでの混沌・未熟・歪曲の中にあった我が国の文化に秩序と確たる基礎を齎らすためには絶好の機会でもある。角川書店は、このような祖国の文化的危機にあたり、微力をも顧みず再建の礎石たるべき抱負と決意とをもって出発したが、ここに創立以来の念願を果すべく角川文庫を発刊する。これまで刊行されたあらゆる全集叢書文庫類の長所と短所とを検討し、古今東西の不朽の典籍を、良心的編集のもとに、廉価に、そして書架にふさわしい美本として、多くのひとびとに提供しようとする。しかし私たちは徒らに百科全書的な知識のジレッタントを作ることを目的とせず、あくまで祖国の文化に秩序と再建への道を示し、この文庫を角川書店の栄ある事業として、今後永久に継続発展せしめ、学芸と教養との殿堂として大成せんことを期したい。多くの読書子の愛情ある忠言と支持とによって、この希望と抱負とを完遂せしめられんことを願う。

一九四九年五月三日

角川文庫ベストセラー

角川文庫ベストセラー

高家表裏譚1 跡継

上田秀人

幕府と朝廷の礼法を司る「高家」に生まれた吉良三郎義央（後の上野介）は、13歳になり、吉良家の跡継ぎとして将軍にお目通りを願い出た。三郎は無事跡継ぎとして認められたが、大名たちに不穏な動きが――。

恋道行《こいのみちゆき》

岡本さとる

初めて愛した女・おゆきを救うため、御家人崩れの男を殺した絵草紙屋の若者・千七。互い以外は何もいらない――。逃避行を始めた2人だが、天の悪戯か、様々な事情が絡み合い、行く先々には血煙があがる……！

計略の猫 新・大江戸定年組

風野真知雄

元同心の藤村、大身旗本の夏木、商人の仁左衛門は子どもの頃から大の仲良し。悠々自適な生活のため3人の隠れ家をつくったが、江戸中から続々と厄介事が持ち込まれて……⁉ 大人気シリーズ待望の再開！

三年長屋

梶よう子

ゆえあって藩を致仕した左平次は、山伏町にある三年長屋の差配を勤めることに。河童を祀るこの長屋には3年暮らせば願いが叶うという噂があった。おせっかいの左平次は今日も住人トラブルに巻き込まれ……。

向島・箱屋の新吉

小杉健治

28歳の新吉は、向島で箱屋をしている、女たちの目を引く男だった。ある日、「桜屋」の主人の絞首体が見つかった。同心は自死と決めつけていたが、新吉は現場に手拭いが落ちていたことから他殺を疑い……。